LA PRINCESSE CAPTIVE

LES AUTEURS

Avec Bayard Éditions,
ils ont participé à la création de MARCANTOUR.

Claude Merle

Il a été l'élève de Georges Duby, un historien célèbre. Professeur d'histoire avant de devenir écrivain, il écrit des pièces de théâtre, des scénarios pour la télévision et des romans. Il adore inventer des histoires, faire vivre à ses personnages des aventures extraordinaires. Il écrit très vite, beaucoup, tous les jours, le matin, le soir...

Laure Mistral

Elle a fait des études de lettres classiques, ce qui veut dire qu'elle connaît le latin et le grec comme sa poche. Elle est maintenant une incollable de la grammaire et des mots d'usage. Elle a même dirigé l'écriture d'un très gros dictionnaire.

La Péniche

Sous ce drôle de nom se cache une équipe de documentalistes et de journalistes. Certains ont fait des études d'histoire, d'autres de lettres, d'autres encore de journalisme. Tous passent leurs journées à lire des livres et des documents, à réunir des images documentaires, pour que les auteurs ne se trompent pas dans les lieux, les dates, les événements historiques.

Thierry Ségur

Il a fait des études d'art et après un petit séjour chez *Casus Belli*, le magazine des jeux, il s'est fixé sur la bande dessinée, le temps de réaliser quatre magnifiques albums dans le genre « médiéval fantastique ». Il sait tout faire : des gens de près, de loin, des gentils et des méchants, des images d'aujourd'hui et des aventures d'autrefois.

3, rue Bayard, 75008 Paris
Dépôt légal : février 2000
Loi 49-956 du 16 juillet 1949 sur les publications destinées à la jeunesse

ISBN : 2 227 74606 8

Marcantour

LA PRINCESSE CAPTIVE

Avertissement

Es-tu prêt à basculer dans l'Histoire ?
Cramponne-toi à ton cheval
et saute dans l'aventure !
Tu vas vivre des moments palpitants :
des chevauchées sauvages, des rencontres terrifiantes,
des batailles sanglantes, des amitiés bouleversantes
et même des histoires d'amour.

BAYARD POCHE

MARCANTOUR

Bernard de Marcantour

Il est le père de Hugo. Petit seigneur d'Auvergne, il s'est battu maintes fois aux côtés de Guillaume d'Auvergne. Mais ce dernier un jour l'a trahi et lui a pris toutes ses terres. Depuis, il est devenu un autre homme, cruel et sans pitié : le Seigneur aux mains rouges.

Hugo

Hugo a appris la science des armes à la cour d'Auvergne. Adoubé par Louis d'Aubepierre, il a toutes les qualités d'un noble chevalier : il est courageux, généreux et loyal. Il est aussi un excellent cavalier et un guerrier hors pair.

Jeanne de Richebourg

Elle est l'épouse du prince de Richebourg, un vieux seigneur tyrannique. Mystérieuse, d'une beauté fascinante, elle n'hésite pas à user de ses charmes pour séduire les plus preux chevaliers, et les manipuler afin d'obtenir ce qu'elle désire.

LES HÉROS

Louis d'Aubepierre

Guerrier courageux, ami du roi de France, il a décidé un jour d'arrêter les combats pour devenir moine. Il est maintenant prieur de l'abbaye de Saint-Étienne-des-Forêts.

Il s'est pris d'affection pour Hugo, il lui a donné son nom et l'a armé chevalier.

Ancelin

Il est l'écuyer de Hugo ; mais il est surtout son frère de lait, car sa mère, une paysanne, a nourri et élevé Hugo quand il était petit.

Origal

C'est le capitaine des gardes du prince de Richebourg. Brutal et sans scrupule, il ne recule devant rien pour égaler la sauvagerie de son maître. En Auvergne, pourtant, il risque de se heurter à de plus cruels que lui.

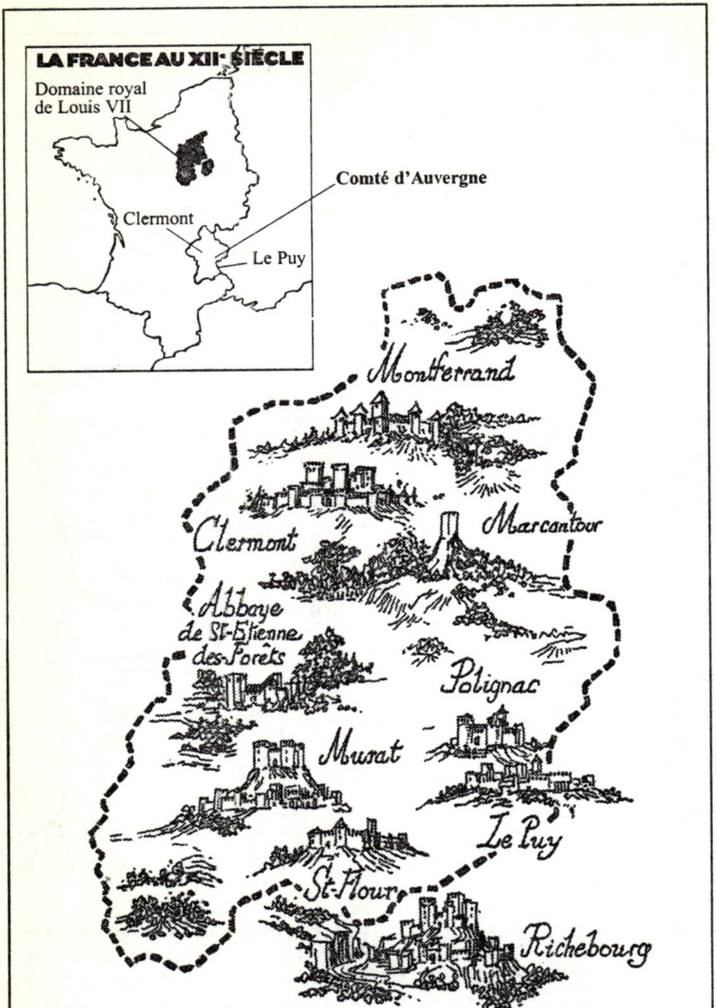

LE COMTÉ D'AUVERGNE

1

Cela se passe il y a près de mille ans
dans les monts d'Auvergne.
Hugo, un jeune chevalier, et son ami Ancelin,
fuyant les atrocités du Seigneur aux mains rouges,
vont de château en château,
se mettre au service du plus juste.

– Quel merveilleux pays ! s'exclama Ancelin.

Le chevalier Hugo d'Aubepierre regarda Ancelin, son écuyer, avec amitié. Devant eux s'étendait un paysage grandiose de montagnes et de forêts. C'était l'Auvergne, leur pays natal. Le soleil brillait, l'air était vif, chargé d'odeurs de résine et de plantes sauvages.

– C'est si bon d'être ici ! soupira Ancelin.

Hugo approuva en silence. Ils avaient parcouru l'Espagne, la Provence, la Palestine, vécu des aventures exaltantes. Maintenant, ils étaient chez eux. Rien ne pouvait leur faire oublier l'Auvergne. Ancelin descendit de cheval et s'allongea sur le sol avec un grognement de plaisir.

– Nous devrions camper ici pour la nuit, lança-t-il.

L'écuyer était un grand rouquin au corps massif. Il émanait de lui un mélange de rudesse et de tendresse. Hugo lui sourit.

– Frère Louis nous attend, objecta-t-il. Nous avons deux jours de retard, et tu connais son impatience.

Louis d'Aubepierre, le parrain de Hugo, était prieur de l'abbaye Saint-Étienne-des-Forêts.

Ancelin se leva en rechignant. Il aurait préféré dormir à la belle étoile plutôt que dans une austère cellule de moine. Mais il aimait bien frère Louis, malgré sa sévérité parfois excessive. Et il aimait plus encore Hugo, son chevalier et son frère. Car il était non seulement le fidèle écuyer de Hugo, mais aussi son frère de lait. Ils étaient nés à six jours d'intervalle, et la mère d'Ancelin avait nourri le jeune chevalier en même temps que son propre fils.

L'écuyer soupira et se remit en selle.

Au moment où ils allaient repartir, Hugo crut entendre des cris.

– Écoute ! dit-il.

Mais Ancelin n'entendit rien, que le sifflement du vent sur la cime des arbres.

– Qu'est-ce qu'il y a ? s'étonna-t-il.

D'un geste, Hugo lui imposa silence.

– Attends !

Les cris retentirent de nouveau, plus distincts cette fois. C'étaient des cris de femme, qui venaient d'un peu plus haut dans la montagne. Sans hésiter, les deux garçons s'élancèrent au galop.

Quelques instants plus tard, ils atteignirent une sorte de clairière parsemée d'arbres abattus et tapissée de fougères. Perchée sur un tronc d'arbre, une jeune fille brune se tordait les mains de désespoir. Hugo arrêta son cheval et mit pied à terre. Incapable d'articuler un mot, la fille regarda le nouveau venu en lui montrant les fougères d'un doigt tremblant.

Au centre de la clairière, Hugo aperçut alors une deuxième jeune fille. Elle était totalement immobile, penchée en avant comme si elle observait le sol. Une longue chevelure blonde tombait sur sa robe rouge.

Soudain, elle sursauta et se mit à hurler. Une bête grise venait de se dresser devant elle. « C'est une vipère ! » réalisa Hugo.

La fille évita le serpent mais, au lieu de s'enfuir, elle resta sur place, pétrifiée.

– Venez ! Vite, venez ! cria Hugo.

La fille ne fit pas un geste, comme si elle n'avait rien entendu. Hugo saisit son épée et s'avança au milieu des fougères.

– Attention ! s'alarma Ancelin en sautant de cheval.

Hugo s'immobilisa. Autour de lui, le sol grouillait de serpents.

C'étaient bien des vipères. Elles tenaient leurs têtes dressées, prêtes à frapper, et sifflaient furieusement. Hugo frémit, malgré son courage. Une seule morsure de vipère pouvait être mortelle, et les reptiles étaient plusieurs dizaines, une centaine peut-être. Il n'en avait jamais vu autant.

Les serpents formaient un cercle infranchissable autour de la jeune fille blonde. De temps en temps, l'un d'eux se détendait. La fille faisait alors un écart, ou bien elle tendait sa robe de velours rouge pour protéger ses jambes nues. Mais Hugo savait qu'elle ne parviendrait pas à résister très longtemps. Si elle ne réussissait pas à s'échapper du cercle, elle mourrait dans d'atroces souffrances.
« Quelle horreur ! » songea Hugo.
La jeune fille pressait ses deux mains sur sa bouche pour ne pas crier. Soudain, elle chancela, comme si elle avait été mordue.
– Aidez-la ! supplia sa compagne, toujours juchée sur son tronc.
Ancelin approcha, armé d'une baguette flexible. C'est ainsi qu'on tuait les serpents dans son pays. Mais il s'arrêta à son tour, impressionné par le nombre des reptiles.
– Du feu, vite ! commanda Hugo sans se retourner.
Ancelin se précipita aussitôt vers son cheval. Il tira un briquet du sac de cuir suspendu à sa selle, puis il fit un tas de feuilles mortes et l'enflamma en frappant cette pièce de métal contre une pierre à feu. Dès que la flamme fut assez haute, il l'envoya d'un coup de pied dans les fougères sèches, qui s'enflammèrent à leur tour.
Avec des sifflements affolés, les vipères commencèrent à s'enfuir. Sans perdre un instant, Hugo se précipita au milieu des flammes vers la jeune fille,

toujours paralysée par l'effroi. Il la souleva avec force et la porta vers sa compagne. En voyant les serpents s'éloigner, celle-ci descendit de son refuge et prit son amie dans ses bras.

– Tu n'as pas été mordue ? demanda-t-elle d'une voix anxieuse.

La fille en rouge secoua la tête, puis elle éclata en sanglots en s'asseyant sur le tronc d'arbre.

– C'est un vrai miracle ! s'écria l'autre en lui caressant les cheveux.

Ancelin chassa les derniers serpents en donnant des coups furieux avec sa baguette et se mit à piétiner le feu pour l'éteindre. Lorsque la jeune fille blonde releva la tête, elle vit Hugo penché sur elle. La noblesse et la beauté du chevalier la surprirent. Grand et mince, il avait des épaules larges et une peau brunie par le soleil du Sud. Ses cheveux châtains encadraient un visage dont la douceur du regard, ombragé par de longs cils, effaçait la dureté des traits. Elle essuya ses yeux d'un geste vif.

De son côté, Hugo fut séduit par la délicatesse du visage et la profondeur des yeux qui le dévisageaient avec curiosité. Ceux-ci étaient d'un bleu sombre comme la mer.

– Je m'appelle Jeanne, Jeanne de Richebourg, dit la jeune fille.

Tout en jetant un regard inquiet du côté de la forêt, elle tendit à Hugo une main aux doigts si fins qu'il évita de les serrer par crainte de les briser.

– Vous n'avez plus rien à craindre, dit-il d'une voix douce.
Elle sourit. Deux fossettes se creusèrent au milieu de ses joues.
– Voici Nicole, ma demoiselle de compagnie, ajouta-t-elle.
La brunette s'inclina gracieusement. Elle avait un petit air effronté, mais elle n'était guère plus vieille que sa maîtresse.
« Seize ans, tout au plus », songea Hugo.
Il se nomma à son tour et présenta Ancelin.
– Ces montagnes sont dangereuses, fit-il remarquer. Que faites-vous par ici sans escorte ?
Les deux jeunes filles échangèrent un regard embarrassé.
– Nous voyageons, dit Jeanne.
Ancelin éclata de rire.
– À pied ? demanda-t-il.
– Nos chevaux ont pris peur, expliqua Nicole.
– Ils ont dû se réfugier sur un arbre, suggéra Ancelin, l'air innocent.
Comprenant qu'il faisait allusion à sa conduite peureuse, Nicole lui lança un regard furieux :
– Au lieu de vous moquer, vous feriez mieux de les retrouver.
Ancelin s'inclina :
– Je suis aux ordres de votre grâce !
Il sauta en selle et disparut dans la forêt.
– Venez, éloignons-nous d'ici, proposa Hugo.
Jeanne se leva. Sa robe, déchirée de la taille aux

pieds, dévoilait ses jambes. Elle en ramena les pans contre elle d'un geste gracieux.

Ils firent quelques pas, côte à côte.

– Êtes-vous parente du prince de Richebourg ? demanda Hugo.

Jeanne et Nicole échangèrent à nouveau un regard gêné, mystérieux.

– Je suis l'épouse du prince, avoua Jeanne.

– Son épouse ? s'exclama Hugo, stupéfait.

Le prince était vieux et passait pour un être très cruel.

– Et votre époux vous laisse voyager seule dans ces montagnes infestées de brigands ? s'étonna-t-il.

– Des brigands, nous en avons rencontré dans la plaine, dit Nicole. Ils nous ont poursuivies. C'est pour ça que nous avons pris le chemin de la montagne. Nous ne savions pas que nous risquions d'y rencontrer des bêtes bien plus venimeuses !

– Où allez-vous ? s'enquit Hugo.

– À Murat d'abord, puis en Aquitaine, répondit Jeanne vivement. C'est mon pays.

– Un pays bien lointain ! Si vous vouliez l'accepter, je pourrais vous escorter, au moins jusqu'à Murat, proposa Hugo.

Il lui sembla que sa proposition contrariait la jeune princesse. Cependant, il n'eut pas le temps de vérifier cette impression, car Ancelin revint, tirant par la bride deux juments grises.

– Voici nos chevaux, dit Nicole. Nous pouvons repartir à présent.

– Je dois d'abord changer de robe, décréta Jeanne.
Hugo et Ancelin s'éloignèrent, tandis que Nicole détachait une mallette fixée à l'arrière de sa selle.
– Drôles de filles ! fit remarquer Ancelin lorsque Jeanne et Nicole furent hors de vue.
– Charmante, dit Hugo d'une voix rêveuse en songeant à la jeune princesse.
– Elle se nomme Jeanne de Richebourg. Tu crois que c'est la fille du prince ? demanda Ancelin.
– C'est son épouse, rectifia Hugo.
Ancelin ouvrit de grands yeux avant d'éclater de rire.
– Tu sais comment on le surnomme ?
– L'Ogre du Gévaudan, je sais, dit Hugo en réprimant un sourire.
– Pas étonnant qu'elle voyage sans lui ! conclut Ancelin en riant de plus belle.
Soudain, ils entendirent un galop. Ancelin s'interrompit. Il remonta le chemin en courant, puis s'arrêta un peu plus haut.
– Que se passe-t-il ? demanda Hugo.
– Les filles ! cria Ancelin en montrant la forêt.
– Quoi, les filles ?
– Elles s'enfuient ! dit l'écuyer, stupéfait.

2

– Belle façon de nous remercier ! grommela Ancelin pendant que le bruit des sabots des deux chevaux s'évanouissait au loin.
Hugo et son écuyer rejoignirent leurs montures.
– Cette histoire n'est pas claire, dit Ancelin en se mettant en selle. Et je me demande si ces deux pimbêches sont bien ce qu'elles prétendent être.
– Et si nous les suivions ? suggéra Hugo, qui songeait plus à revoir le beau visage de Jeanne qu'à éclaircir les raisons de son départ.
Ils allaient s'élancer lorsqu'ils entendirent de nouveau un martèlement de sabots, particulièrement puissant, qui annonçait une troupe nombreuse. Hugo poussa son cheval vers un plateau qui dominait la plaine. À travers les arbres, il aperçut des cavaliers. Ils montaient le chemin à toute allure en poussant des cris sauvages pour exciter leurs chevaux.
Ancelin siffla entre ses dents :

– Décidément, cette route est bien encombrée !
C'était pourtant un raccourci que personne n'empruntait jamais.
– Tu sais à quoi je pense ? ajouta l'écuyer.
– Aux brigands, dit Hugo en essayant de distinguer les cavaliers. Il s'agit peut-être de ceux qui poursuivaient les deux demoiselles.
– Elles ont certainement pris la fuite en les apercevant, conclut Ancelin.
– Si tu dis vrai, il faut les arrêter, décréta Hugo.
– Les arrêter ?
L'écuyer regarda le jeune chevalier comme si celui-ci était devenu fou. Rien qu'au bruit on devinait que les cavaliers étaient au moins une vingtaine, peut-être davantage.
– Suis-moi ! lança Hugo en lançant son cheval au galop.
Il se souvenait que le chemin, un peu plus haut, longeait un précipice particulièrement dangereux.
Au bout de quelques minutes d'un galop éperdu à travers la forêt, ils atteignirent l'endroit. Sur une centaine de pas, le chemin se réduisait à une bande d'à peine un mètre de large, coincée entre le vide et une paroi rocheuse.
Hugo et Ancelin franchirent la corniche au pas, puis ils mirent pied à terre. Hugo tira son épée et revint se poster au milieu de l'étroit passage. Il planta la pointe de son épée dans le sol et s'appuya sur elle, tandis qu'Ancelin se plaçait derrière lui en renfort.

Ils n'attendirent pas longtemps. Un instant plus tard, des cavaliers surgirent de la forêt et s'arrêtèrent brutalement en découvrant l'abîme ouvert devant eux. Hugo remarqua leurs tuniques noires brodées d'une épée d'argent. Il comprit qu'il ne s'agissait pas de bandits, comme il l'avait supposé. Ces hommes devaient certainement servir un grand seigneur.

Leur chef était un gaillard au crâne rasé. Il poussa hardiment son cheval le long du précipice, mais la bête se cabra en voyant Hugo, et le cavalier faillit être projeté dans le vide. Il maîtrisa son cheval en jurant et sauta à terre.

– Écarte-toi ! ordonna-t-il d'une voix furieuse.

– Qui es-tu ? demanda Hugo sans bouger d'un pouce.

– Je vais te montrer qui je suis, blanc-bec, rugit le cavalier.

Il tira son épée et se jeta sur Hugo avec une vivacité surprenante étant donné son poids. Hugo se baissa pour éviter l'arme de son adversaire, puis il attaqua à son tour. Son épée frappa l'homme au visage. Le coup aurait pu être mortel, mais Hugo l'avait porté du plat de la lame pour ne pas blesser l'assaillant. Sous le choc, celui-ci chancela au bord du précipice. Hugo le retint par sa tunique et le renvoya sur le chemin.

– À moi ! cria le chef aux autres cavaliers.

Aussitôt, ses hommes se ruèrent à son aide. Ils étaient nombreux et décidés à tuer. Heureusement,

ils ne possédaient ni arc ni arbalète, et sur l'étroite corniche, ils ne pouvaient combattre qu'un à la fois. L'épée de Hugo les fouettait sans pitié, aux jambes, aux bras, au visage. Ceux qui affrontaient le jeune chevalier reculaient et trébuchaient sur leurs compagnons arrivant derrière.
Le spectacle de leur déroute était si drôle qu'Ancelin ne put s'empêcher d'éclater de rire.
– Arrêtez ! hurla le chef des cavaliers, ivre de rage.
Hugo fit quelques pas en arrière et salua ses adversaires.
– Qui êtes-vous ? demanda-t-il à nouveau.
L'homme au crâne rasé esquissa un sourire cruel :
– Puisque tu insistes, je vais te répondre. Je m'appelle Origal. Je suis capitaine des gardes de sa seigneurie le prince de Richebourg. Mon maître n'oublie jamais une insulte. Tu peux être sûr qu'il se souviendra de toi !
– Pourquoi n'avoir pas répondu aussitôt, Messire ? s'étonna Hugo. Vous auriez évité un retard fâcheux et bien des bosses ! Est-ce si honteux d'être au service du prince de Richebourg ?
Origal porta la main à son épée, mais il réalisa qu'il ne gagnerait rien à retourner au combat. Il avait sous-estimé ce morveux dont l'habileté à l'épée était véritablement diabolique.
– As-tu rencontré deux jeunes femmes ? demanda-t-il d'une voix soudain radoucie.
– Nous en avons rencontré bien davantage, dit

Ancelin en se mêlant à la conversation.
– Qui es-tu, toi ? demanda Origal avec mépris.
– C'est mon écuyer, Ancelin, dit Hugo, et je suis le chevalier d'Aubepierre.
– Ces deux jeunes femmes..., coupa Origal, l'une est blonde, l'autre brune...
– Vous voulez parler sans doute de la princesse de Richebourg et de sa suivante, dit Hugo que la situation amusait beaucoup.
– Vous les avez vues? demanda Origal avec impatience.
– Oui ! Elles étaient poursuivies par des brigands, expliqua Ancelin.
Origal fronça les sourcils :
– Des brigands ?
– D'ailleurs, en vous voyant cavaler comme des brutes, nous avons cru que les brigands, c'était vous, ajouta Ancelin.
– Nous sommes là pour protéger la princesse, gronda Origal. Elle est en danger !
Il se tourna vers ses hommes :
– En selle, vous autres !
Les tuniques noires obéirent.
Hugo et Ancelin se plaquèrent contre la roche pour les laisser passer. Ils tenaient leurs épées de manière à riposter en cas de traîtrise.
Origal passa le dernier. Il s'arrêta devant Hugo.
– Sais-tu où elle allait ?
– La princesse? Vous l'ignorez donc? s'étonna Hugo avec une fausse innocence.

Origal pressa son cheval avec rage, sans poser d'autre question.

Lorsque les cavaliers noirs se furent éloignés, Hugo se tourna vers son compagnon :

– Suivons-les !

– Tu crois que ces hommes sont des bandits déguisés en chevaliers ? demanda Ancelin en se mettant en selle.

Hugo secoua la tête :

– Ce sont bien les hommes de Richebourg. Mais il n'y a guère de différence entre eux et des brigands. C'est une vraie bande d'assassins !

– Pourquoi veux-tu les suivre, alors ? demanda Ancelin.

– Pour voir ce qui va se passer. Je suis curieux de nature.

– Ton parrain nous attend, lui rappela l'écuyer.

Hugo sembla ne pas avoir entendu.

– Jeanne est trop pure, trop innocente pour avoir quoi que ce soit à voir avec ces gens-là, dit-il d'une voix rêveuse.

– Trop belle, surtout, grogna l'écuyer, qui sentait que le jeune chevalier était tombé amoureux de Jeanne.

3

Hugo et Ancelin perdirent la trace des hommes de Richebourg du côté de Saint-Flour. Ils se rendirent alors à Murat, mais la princesse ne s'y trouvait pas.

« Qu'elle aille au diable ! » grommela Hugo en pensant avec dépit qu'elle lui avait menti.

– Allons à Saint-Étienne-des-Forêts, décida-t-il.

Ils atteignirent l'abbaye le lendemain après-midi. Louis d'Aubepierre, le parrain de Hugo, les attendait. Il avait remplacé sa robe de moine par une tenue de combat. Avec son crâne rasé et l'épée qui pendait à sa ceinture, il ressemblait à un soldat.

– C'est la guerre ! gronda-t-il en apercevant le jeune chevalier.

Hugo regarda son parrain avec stupéfaction. Avant de devenir moine, Louis d'Aubepierre avait été un guerrier redoutable. Lors de la deuxième croisade, en Palestine, il s'était battu avec un tel courage que ses adversaires musulmans l'avaient surnommé le Prince du Désert. Puis, écœuré par les massacres, il s'était retiré dans une abbaye, dont il était ensuite devenu le prieur. Là, depuis plusieurs années, il menait une vie exemplaire de non-violence et de charité. Et voilà que, soudain, il prêchait la guerre !

« A-t-il perdu la raison ? » se demanda Hugo.

– De quelle guerre voulez-vous parler, Frère Louis ? s'enquit-il.

– De celle que l'Église va mener contre le roi d'Angleterre, dit le prieur.

Hugo ouvrit des yeux étonnés.

– La duchesse d'Aquitaine, Aliénor, suzeraine de l'Auvergne, vient d'épouser le roi Henri II d'Angleterre, expliqua Louis d'Aubepierre. Ainsi, Henri devient le maître du comté d'Auvergne.

Il secoua la tête avec désespoir :

– C'est une terrible nouvelle !

– Pourquoi ? s'étonna Hugo. Le roi Henri n'est pas notre ennemi, et puis l'Angleterre est loin d'ici, non ?

– Le danger est plus près que tu l'imagines, dit frère Louis. Aliénor d'Aquitaine vient d'arriver en Auvergne à la tête d'une armée. Elle se dirige vers Montferrand, pour recevoir l'hommage du comte d'Auvergne, le traître ! Ensuite, elle voudra s'emparer de l'évêché de Clermont et des grandes abbayes, pour les distribuer à ses partisans. Car l'Église d'Auvergne est restée fidèle au roi de France. Nous devons résister !

– Mon épée est à vous ! s'écria Hugo.
Frère Louis le serra dans ses bras. C'était sa première marque d'affection depuis l'arrivée du jeune chevalier.
– Tu es un brave garçon, dit-il. J'étais impatient de te revoir.
Il fronça les sourcils.
– Tu as trois jours de retard ! ajouta-t-il.
Hugo ne put s'empêcher de sourire. Il se demanda s'il devait parler de Richebourg, mais il préféra s'abstenir.
– Nous revenons de loin, dit-il.
– C'est vrai, reconnut frère Louis. On m'a raconté tes combats. Tu fais honneur à mon nom.
Hugo rougit de plaisir, car ce compliment, venant d'un guerrier aussi légendaire que le Prince du Désert, était la plus belle des récompenses.
– Vous devez être épuisés. Reposez-vous, prenez des forces, car de nouveaux combats vous attendent, conseilla le prieur.
– Vous allez combattre aussi ? s'étonna Hugo.
Frère Louis secoua la tête avec énergie :
– C'est une guerre sainte, une nouvelle croisade ! Nous défendrons nos abbayes au nom de Dieu.
Après cette conversation, Hugo gagna la cellule qu'on lui avait destinée. Il n'était pas installé depuis cinq minutes qu'Ancelin, qui était parti s'occuper des chevaux, fit irruption dans la pièce en s'écriant :
– Viens voir ! Viens !

– Où ça ? grogna Hugo.
– Aux écuries, dit Ancelin.
– Qu'est-ce qui se passe ?
– Tu verras.

Hugo se leva de mauvaise grâce et suivit son écuyer à travers l'abbaye. Les moines qu'il croisait le saluaient avec amitié : il était le filleul de l'abbaye tout entière, car c'est là qu'il avait été fait chevalier.

Dans la pénombre de l'écurie, Hugo distingua quelques chevaux et une dizaine de mules.

– Tu ne remarques rien ? demanda Ancelin.

Hugo haussa les épaules, excédé :

– Que veux-tu que je remarque ?
– Ces deux juments grises ! insista Ancelin.
– Si c'est pour me montrer ça que tu m'as dérangé..., commença Hugo avec mauvaise humeur.
– Ce sont celles de la princesse, annonça Ancelin avec des airs de conspirateur.
– Qu'est-ce que tu racontes ?
– Ce sont elles, je t'assure ! dit Ancelin, excité. Je les connais. N'oublie pas que c'est moi qui les ai récupérées dans la forêt. L'oreille de l'une est fendue, et l'autre porte encore des taches de résine sur sa crinière.
– Tu en es sûr ? s'exclama Hugo.
– Certain ! triompha Ancelin en montrant deux selles posées sur des supports de bois. Tu as déjà vu des moines monter en amazone ?

Hugo s'approcha, intrigué.
– Attends ! Il y a mieux ! s'écria Ancelin.
Il défit les cordes du sac de cuir pendu à l'une des selles et en tira une robe rouge. Hugo reconnut la robe déchirée que portait Jeanne, cernée par les serpents.
– Elle est donc ici ? murmura-t-il.
L'idée qu'il allait revoir la jolie princesse lui coupait les jambes.
– J'ai interrogé les moines, dit Ancelin. Ils m'ont dit que les deux jeunes femmes étaient reparties ce matin.
– En abandonnant leurs chevaux ? s'étonna Hugo. Et pourquoi sont-elles venues ici précisément ? Il faut en avoir le cœur net !
Ils se dirigèrent aussitôt vers la cellule du prieur.
– Frère Louis, dit Hugo, deux jeunes femmes ont demandé asile à l'abbaye cette nuit.
– Oui, répondit le prieur, surpris par l'air inquiet de son filleul. La princesse de Richebourg et sa compagne.
– Ce sont… ce sont des espionnes ! déclara Hugo, pris d'une inspiration subite.
– Sottises ! dit le moine en souriant. Je connais le prince. C'est un être cruel, hélas, mais c'est l'un de nos partisans !
– Le prince, oui, mais pas la princesse, objecta Hugo. Elle est la fille d'un grand seigneur d'Aquitaine, et elle a abandonné son mari.
Frère Louis haussa les épaules :

– Cette fille est innocente et bonne chrétienne.
« On dirait que le charme de Jeanne ne laisse pas mon sévère parrain indifférent », songea Hugo avec amusement.
– Même si ce que tu dis est vrai, reprit frère Louis avec humeur, qui veux-tu qu'elle espionne ?
– Ceux qui sont décidés à résister à l'Angleterre, dit Hugo.
Il rougit légèrement en proférant ce mensonge. Mais, devant l'air soucieux de frère Louis, il comprit qu'il avait frappé juste.
– Elles ont demandé à visiter l'abbaye, reconnut le prieur. Et pourtant il était tard et elles semblaient épuisées. Mais ça ne prouve rien.
– J'en étais sûr ! triompha Hugo.
– Mais toi, où as-tu rencontré la princesse ? demanda frère Louis.
Hugo raconta l'épisode des serpents et la fuite suspecte des deux jeunes femmes.
– Où sont-elles allées ? demanda le jeune chevalier à la fin de ce récit.
– À l'abbaye de Moissac ! C'est ce qu'elles ont dit, s'exclama frère Louis.
– Et elles sont parties en abandonnant leurs chevaux ? s'étonna Hugo.
– Ils étaient exténués. Nous leur avons donné des mules.
– Curieux échange ! railla Hugo. Leurs chevaux m'ont l'air en pleine forme. Ces deux filles vous ont menti. Les hommes du prince les poursuivent.

Elles se cachent. Cette attitude n'est pas très claire !

– Il faut les rattraper, les interroger ! dit frère Louis, mais en douceur.

Hugo se retourna et fit un clin d'œil à Ancelin.

– En selle ! s'écria-t-il.

4

Hugo s'en voulait d'avoir inventé cette histoire d'espionnage, mais c'était le seul moyen de quitter l'abbaye sur-le-champ et de retrouver la princesse.
– Qu'entends-tu faire ? demanda Ancelin.
– Je veux avertir Jeanne, répondit Hugo. Cet Origal ne m'inspire pas confiance.
– Et elle ? Tu crois que c'est une vraie princesse ?`
Hugo haussa les épaules sans répondre.
– Tu penses qu'elle est trop belle pour mentir, pas vrai ? grogna Ancelin.
Hugo lui jeta un regard exaspéré, et Ancelin eut honte de sa plaisanterie.
Hugo était l'être qu'Ancelin aimait le plus au monde. Pour lui, il aurait donné sa vie.
Ils suivirent la route de Moissac. Hugo avait calculé que, voyageant à dos de mule, Jeanne et sa compagne avaient dû parcourir quatre lieues depuis l'aube. Cependant, ils en franchirent huit sans repérer les deux fugitives. Ils avaient beau ques-

tionner les habitants de tous les villages traversés, aucun d'entre eux n'avait vu les jeunes femmes.

– Elles ont dû prendre une autre route, conclut Ancelin.

– Non, dit Hugo. Jeanne n'avait aucune raison de mentir à frère Louis. À mon avis, elles nous ont aperçus et se sont cachées.

Ancelin eut une moue incrédule :

– Elles n'ont pas peur de nous, quand même !

– Il faut croire que si, répliqua Hugo. Revenons sur nos pas.

– Comme tu voudras ! soupira Ancelin.

Ils firent demi-tour et se mirent en route. Bientôt, ils croisèrent un groupe de pèlerins. Ceux-ci déclarèrent qu'ils avaient rencontré deux jeunes filles à quelques lieues de là. Mais, lorsque les deux jeunes hommes atteignirent l'endroit indiqué, ils trouvèrent deux paysannes qui se moquèrent d'eux.

– Tu dois avoir raison ! soupira Hugo. Elles ont sûrement menti.

C'est alors qu'il vit deux moines qui avançaient lentement dans leur direction.

– Demandons à ces saints hommes, proposa-t-il. S'ils n'ont rien à nous dire, nous essayerons la route du nord.

Les moines portaient des robes noires serrées à la taille par une corde blanche. Leurs visages étaient dissimulés sous de grands capuchons.

– Auriez-vous vu deux nobles demoiselles, l'une blonde et l'autre brune ? leur demanda Hugo. Elles

montent des mules comme les vôtres.
L'un des moines murmura quelques mots incompréhensibles, puis il poussa sa mule, suivi par son compagnon.
« Pas très bavards ! » constata Hugo.
Pris d'une impulsion subite, il rattrapa l'un des religieux et rabattit son capuchon. La tête brune de Nicole apparut. Aussitôt, Jeanne se découvrit en riant, libérant une cascade de cheveux d'or.
Hugo aurait dû en vouloir à la princesse de l'avoir fait courir et de s'être moquée de lui, mais elle semblait si jeune, si fraîche, elle était si belle qu'il fut aussitôt désarmé et se mit à rire à son tour.
Nicole, elle, ne riait pas du tout.
– Pourquoi ne pas nous laisser en paix ? demanda-t-elle.
– Pourquoi fuir comme des voleuses ? répliqua Ancelin sur le même ton. Nous nous sommes battus pour vous !
Jeanne de Richebourg posa sa main sur celle de Hugo et dit d'une voix douce :
– Ce n'est pas vous que nous fuyons, Messire, mais des hommes impitoyables.
Son sourire avait disparu. Elle avait pris un air soucieux qui émut le jeune chevalier.
– Origal et ses hommes, n'est-ce pas ? dit-il.
– Vous les avez rencontrés ? s'exclama Jeanne.
– Plutôt, oui ! grogna Ancelin.
Hugo raconta leur combat au bord du précipice et la fureur d'Origal.

Jeanne le regarda avec reconnaissance :
– Maintenant nous ne risquons plus rien, puisque vous êtes là pour nous protéger.
Ils avaient mis pied à terre et se trouvaient bien en vue au milieu du chemin.
– Ne restons pas là, c'est dangereux, décida Hugo. Je vais vous conduire à l'abbaye de Moissac.
– Pourquoi Moissac ? s'étonna-t-elle.
– C'est ce que vous avez dit au prieur de Saint-Étienne-des-Forêts, non ?
– En effet, dit-elle.
Elle le dévisagea un bref instant avec inquiétude, comme si elle le soupçonnait d'espionner ses actes. Mais, rassurée par le visage franc du jeune chevalier, elle s'appuya à son bras d'un geste tendre.
– Pourquoi fuyez-vous ? demanda Hugo, troublé.
Elle soupira avec tristesse :
– C'est une longue histoire. Je vais vous la raconter, mais pas ici, ni à Moissac. Trouvons une auberge !
Il faillit objecter en disant que descendre dans une auberge n'était pas le meilleur moyen de passer inaperçu ; mais il pensa qu'il s'y trouverait plus près d'elle que dans une abbaye. Il pourrait la contempler, lui parler librement. Il approuva donc son choix. Les deux demoiselles se débarrassèrent de leurs habits monastiques, qui avaient caché de jolies robes bleues. Celle de Jeanne était plus claire et ornée d'un col de dentelle.

Ils s'arrêtèrent dans une auberge qui ressemblait à une ferme fortifiée, élevée au bord d'une rivière. Un feu de bois crépitait dans l'âtre de la salle, où étaient réunis une dizaine de voyageurs. Ceux-ci buvaient autour des tables éclairées par des chandelles. En voyant les nouveaux arrivants, ils cessèrent de parler et les dévisagèrent avec curiosité.

– Nous voulons des chambres, dit Hugo à la patronne, une forte femme au visage sympathique.

Après avoir évalué d'un coup d'œil les riches habits de Jeanne et de Nicole, l'hôtesse annonça une somme exorbitante. Hugo pâlit, car il n'avait que quelques misérables pièces de monnaie. Mais Jeanne tira de sa bourse dix écus et paya sans discuter. Ensuite elle commanda à dîner.

Hugo se sentit humilié. Il aurait voulu faire croire qu'il était le compagnon de Jeanne. Au lieu de cela, il passait pour l'un des serviteurs de la princesse. Le dîner le consola. Jeanne et lui étaient assis à l'écart, face à face. Les yeux bleus de la princesse s'étaient voilés de tristesse.

– Vous voulez savoir pourquoi je m'enfuis ? dit-elle. Eh bien, sachez que mon père, un grand seigneur d'Aquitaine, m'a mariée à un monstre. Vous savez comme moi que le prince de Richebourg est un être cruel et impitoyable. Je l'ai vu massacrer des femmes et des enfants, piller de pauvres gens ! Il m'a retenue prisonnière. Nicole m'a aidée à m'échapper, mais il a lancé à notre poursuite cet Origal, son âme damnée.

– Mais pourquoi votre père vous a-t-il livrée à cet individu ?
– Mon père a combattu avec lui durant la deuxième croisade, expliqua Jeanne. Il avait gardé le souvenir d'un vaillant guerrier. Quand il m'a promise à lui, il ne savait pas que le prince avait changé brusquement à son retour de Terre sainte.
Jeanne frissonna. Hugo lui pressa la main.
– N'ayez pas peur, murmura-t-il, je vous protégerai et vous aiderai à retourner en Aquitaine.
Il avait envie de la serrer dans ses bras, d'embrasser ses lèvres tremblantes. Mais il se souvint qu'elle était mariée.
Jeanne releva son beau visage.
– Aliénor, duchesse d'Aquitaine et reine d'Angleterre, se trouve à Montferrand, dit-elle. Elle est ma marraine. Il faut que je la rejoigne. Si j'y parviens, je serai en sécurité.
Hugo hocha la tête.
– Eh bien, nous irons à Montferrand, dit-il, résigné.
« Hélas ! songeait-il, les Aquitains sont nos ennemis, et je devrai bientôt affronter l'armée de la reine. La guerre va me séparer de Jeanne ! »
La princesse devina la tristesse de Hugo. Elle murmura avec douceur :
– Pourquoi exposer ainsi votre vie pour moi, Messire ?
Hugo se troubla. Il aurait voulu pouvoir dire : « Parce que je vous aime », mais il se contenta de

répondre en rougissant :
– C'est mon devoir de chevalier.
Jeanne fit danser ses boucles blondes devant les flammes de la cheminée.
– Il ne faut pas, murmura-t-elle d'une voix étouffée. Je ne le mérite pas !
Elle se tourna vers sa compagne, qui occupait le bout de la table, à côté d'Ancelin.
Nicole riait de bon cœur des plaisanteries de l'écuyer. Cette complicité parut contrarier la princesse. Elle se leva vivement et dit :
– Je suis épuisée. Si vous le permettez, nous allons nous retirer.
Hugo se leva aussitôt et escorta les deux jeunes femmes jusqu'à leur chambre. Celle-ci était petite et rustique mais très propre. Un énorme édredon de duvet recouvrait le lit de bois blanc.
Une fois la porte refermée, Ancelin s'étendit le long du seuil, enveloppé dans son manteau.
– Même le vent ne pourra pas y entrer ! dit-il.
Hugo sourit. Il redescendit dans la salle et s'installa au coin de la cheminée. Les yeux perdus dans les flammes, il songea longtemps à la jeune princesse. Le bleu sombre de ses yeux, son sourire innocent, ses fossettes enfantines le hantaient. Il repensa au court instant où il avait cru lire dans son regard qu'elle était amoureuse de lui. « J'ai rêvé ! » se dit-il avant de s'endormir.
Lorsque l'hôtesse le réveilla au petit jour, la salle était déserte et le feu éteint.

– Gardez-vous la chambre aujourd'hui ? demanda la femme.
– La chambre ? répéta-t-il, ahuri.
Il monta à l'étage. Ancelin dormait encore, recroquevillé contre la porte. Il le secoua.
– Que se passe-t-il ? demanda l'écuyer en se frottant les yeux.
– Il est temps de partir, dit Hugo.
Ils frappèrent à la porte, mais ne reçurent aucune réponse.
– Elles dorment encore, supposa Ancelin.
Hugo frappa plus fort ; en vain. Il poussa la porte et découvrit le lit en désordre et la fenêtre grande ouverte.
– Enlevées ! Elles ont été enlevées ! s'écria-t-il avec désespoir.

5

À la vue de la chambre vide, Hugo se mit en colère contre Ancelin.
– Stupide animal ! s'écria-t-il. On enlève la princesse à deux pas de toi et tu continues à ronfler !
– Je n'y comprends rien ! balbutia Ancelin. Qui a pu entrer ?
– Origal, certainement, gronda Hugo en se penchant par la fenêtre. Il a dû monter sur ce toit de planches, forcer le battant. Un jeu d'enfant !
– Je l'aurais entendu ! protesta Ancelin.
– Même le vent ne pouvait pas entrer, n'est-ce pas ? railla Hugo.
À cet instant, l'hôtesse, alertée par la dispute, pénétra dans la chambre.
– Les demoiselles sont parties à l'aube, annonça-t-elle. Elles ont laissé cette bourse à votre intention, dit la femme en faisant tinter un sac d'écus. Vous pouvez rester ici tant que vous voudrez.
– Donc, elles n'ont pas été enlevées ! jubila

Ancelin. Elles nous ont faussé compagnie, comme la première fois.
– Parties ! répéta Hugo, mais cette fois-ci avec rage. Il faut les rattraper !
Il se précipita dans l'escalier.
– Laisse-les ! grogna Ancelin. Elles n'en valent pas la peine.
Mais Hugo était blessé dans son orgueil. Après avoir joué les amoureuses, la veille au soir au coin du feu, Jeanne l'avait à nouveau trahi. Elle s'était moquée de lui ! « Elle me le paiera ! » se jura-t-il.
Il entra dans l'écurie en coup de vent.
– Mes chevaux ! cria-t-il.
Les valets le regardèrent, ahuris.
– Vos mules, vous voulez dire, Messire ! rectifia l'un d'eux.
Hugo ferma les yeux en serrant les poings.
– Les garces ! gronda-t-il. Elles ont pris nos chevaux.
– La prochaine fois, nous finirons à pied, ricana Ancelin.
Sans prêter attention aux railleries de son écuyer, Hugo ordonna aux valets de seller les mules.
– Et pour la bourse, Messire ? appela l'hôtesse au moment où il quittait l'auberge.
– Gardez-la, grogna Hugo avec dégoût.
– Ah non ! Pas tout, s'indigna Ancelin en raflant le sac d'écus et en laissant tomber une pièce dans la boue.
Déjà Hugo faisait trotter sa monture au ventre

rond sur la route du nord.
– Où veux-tu aller ? protesta Ancelin. Tu n'espères tout de même pas les rattraper avec ces bestioles ?
Comme Hugo ne répondait pas, il ajouta :
– Et ton parrain, tu l'oublies ? Il nous attend !
– Va-t'en si tu veux ! lança Hugo sans se retourner.
– Je voudrais bien, soupira l'écuyer.
Il suivit son maître avec résignation.
À la tombée de la nuit, ils avaient parcouru huit lieues, sans retrouver la trace de Jeanne et Nicole. Hugo n'avait pas desserré les dents de toute la journée. Il ruminait sa vengeance. Sous ses airs innocents, Jeanne était fausse et sournoise. Sa beauté avait quelque chose de diabolique. Même frère Louis, si sévère d'ordinaire, n'était pas resté insensible à son charme. Elle méritait une bonne correction.
« Tu peux galoper tant que tu veux, sorcière ! enrageait-il. Je te jure que je te retrouverai un jour et, quand je t'aurai attrapée, tu paieras cher tes mensonges ! Je te livrerai peut-être à Richebourg. Lui saura te punir comme tu le mérites ! »
À l'entrée d'un village, il aborda un jeune paysan au bord de son champ et lui demanda s'il avait aperçu deux filles vêtues de bleu montant des chevaux noirs. Le paysan fit non de la tête. Mais à son air effrayé Hugo comprit qu'il mentait.
Il descendit de sa mule et tira son épée.

– Si tu ne me dis pas ce que tu as vu, je te coupe les oreilles ! cria-t-il.

En voyant que le jeune chevalier tremblait de colère, le paysan voulut s'enfuir. Hugo le retint par le col de sa blouse et se mit à le secouer vigoureusement.

– Les brigands les ont enlevées ! bredouilla le paysan d'une voix étouffée.

– Les hommes d'Origal, dit Ancelin. Ils ont dû les rattraper. Tant pis pour elles !

– Ces brigands, comment étaient-ils ? demanda Hugo en bousculant une nouvelle fois le malheureux paysan. Ils portaient des tuniques noires ?

– Pas noires, Messire, chuchota l'homme, terrifié. Des tuniques rouges !

– Les Diables Rouges ! s'écrièrent Ancelin et Hugo en échangeant un regard stupéfait.

6

Hugo relâcha le paysan, qui s'enfuit sans demander son reste.
Après son départ, le jeune chevalier se plongea dans la méditation. Ancelin respecta son silence.
Les Diables Rouges étaient les plus redoutables brigands d'Auvergne. Ils occupaient un vaste territoire et faisaient régner la terreur sur une partie du comté. Mais ce n'était pas cette violence qui préoccupait Hugo, Ancelin le savait bien.
Le seigneur qui était à la tête des brigands s'appelait Bernard de Marcantour. Hugo était son fils. Pour échapper à sa tyrannie, Hugo avait fui le château de son père. Il avait abandonné le nom maudit de Marcantour et pris celui de son parrain, Louis d'Aubepierre. Depuis, il tentait de racheter par ses actes héroïques les crimes de son père, surnommé le Seigneur aux mains rouges. Mais on ne pouvait pas effacer le passé. Hugo rencontrait sans cesse sur son chemin Bernard de Marcantour et ses bri-

gands, les Diables Rouges.
– Il est impossible de fuir éternellement ! soupira Hugo.
Il avait pensé à haute voix.
– Ce qui signifie que tu vas aller à Marcantour, conclut Ancelin d'un ton réprobateur.
– Je ne peux pas laisser tomber ces malheureuses, plaida Hugo.
Ancelin leva les bras au ciel :
– Malheureuses ? Elles se sont gênées, elles, pour nous abandonner ?
– Nous n'étions pas prisonniers des brigands, nous, rétorqua Hugo.
Quelques instants auparavant, il voulait se venger de Jeanne. Et maintenant qu'elle se trouvait en danger il était prêt à risquer sa vie pour la délivrer.
Ils passèrent la nuit au village, et à l'aube se mirent en route vers Marcantour. Les mules escaladaient sans effort les pentes les plus raides et gardaient leur équilibre au bord des précipices. Grâce à elles, ils purent emprunter des raccourcis vertigineux.
Au bout de trois jours, ils arrivèrent dans la forêt d'Huray, qui annonçait le territoire de Marcantour. C'était une forêt épaisse et sombre que tous les voyageurs évitaient, car les légendes qui couraient à son sujet étaient épouvantables.
– C'est étrange, dit Hugo, on n'a pas encore rencontré le moindre Diable Rouge.
À cet instant, ils perçurent des craquements, les

buissons frissonnèrent : des cavaliers approchaient.

– Quand on parle du diable ! grogna Ancelin.

Presque aussitôt, trois hommes surgirent des fourrés. Hugo et Ancelin virent qu'il ne s'agissait pas de Diables Rouges. Ces cavaliers-là portaient la tunique noire de Richebourg.

– Qu'est-ce qu'ils font là ? s'étonna Hugo.

Il sauta aussitôt de sa monture et tira son épée. Ancelin en fit autant. En les voyant, les trois cavaliers s'immobilisèrent. D'autres apparurent derrière. La forêt se remplit de bruits de sabots et de hennissements.

– Ils sont toute une armée, ma parole ! s'écria Ancelin.

Hugo lui saisit le bras.

– Viens ! dit-il.

Il s'élança à travers les buissons. Il connaissait bien la forêt, car il avait passé là une partie de son enfance. Il voulait gagner un ravin aux pentes abruptes où les cavaliers ne pourraient pas les suivre. Ils atteignirent une clairière, qu'il fallait traverser à découvert pour arriver au ravin.

– Plus vite ! cria-t-il.

Ils se mirent à bondir au-dessus des troncs d'arbres abattus. Mais, lorsqu'ils parvinrent au milieu de la clairière, de nouveaux cavaliers surgirent et leur barrèrent le chemin. Derrière eux, ceux qui les poursuivaient sortirent de la forêt.

Hugo et Ancelin étaient encerclés. Ils se placèrent

dos à dos, décidés à vendre chèrement leur vie.
Les hommes aux tuniques noires s'avancèrent avec lenteur. Un cavalier se détacha : c'était Origal.
– Comme on se retrouve ! ricana le capitaine de Richebourg.
Hugo regarda son adversaire avec fierté :
– Qu'attends-tu ? Viens te battre, prends ta revanche !
– Jetez vos armes ! ordonna Origal. Il ne vous sera fait aucun mal.
Les cavaliers noirs s'avancèrent encore. Hugo et Ancelin tentèrent de résister, mais ils luttaient à un contre dix. Ils furent jetés à terre. Hugo reçut un coup sur le crâne et s'évanouit.
Lorsqu'il reprit connaissance, il était attaché à un arbre. Il vit Ancelin lié à un arbre voisin. Les hommes de Richebourg avaient mis pied à terre et les encerclaient. Ils étaient beaucoup plus nombreux qu'à leur première rencontre. Certains d'entre eux ne portaient pas de tuniques noires.
« Ils ont dû recruter des mercenaires », pensa Hugo.
Origal le saisit par les cheveux et approcha son visage du sien.
– Espèce de morveux ! C'est la deuxième fois que tu te mets en travers de mon chemin ! rugit-il.
– Jeanne est en danger sur ces terres, dit calmement Hugo. Pourquoi ne pas faire alliance pour la délivrer, et remettre notre querelle à plus tard ?

– Une alliance, quel honneur ! ironisa Origal en se tournant vers ses hommes, qui éclatèrent de rire. Il secoua la tête de Hugo avec brutalité.

– Je suis fatigué d'avoir dans les pieds un roquet de ton espèce. Tu vas rester ici. Je viendrai te délivrer lorsque j'en aurai fini avec ce brigand de Marcantour. Sinon, ce sont les loups qui se chargeront de toi.

– Parce que tu veux prendre Marcantour ? demanda Hugo d'une voix moqueuse.

– Avec ta permission, dit Origal.

– C'est surtout de la permission du Seigneur aux mains rouges que tu vas avoir besoin, répliqua Hugo.

Origal cogna la tête du jeune chevalier contre l'arbre auquel il était attaché. L'insolence de Hugo le mettait hors de lui. Il s'empara d'un fouet de cuir qu'il fit claquer devant le visage du prisonnier.

– Une séance de dressage va te faire du bien, ricana-t-il d'une voix cruelle.

– Lâche ! gronda Hugo en se tordant dans ses liens.

Origal brandit son fouet. Au moment où il allait frapper, une flèche siffla et se planta dans l'arbre au-dessus de la tête de Hugo. La flèche était rouge.

« Enfin ! » pensa Hugo.

7

Derrière les hommes de Richebourg, six Diables Rouges s'avançaient bien en ligne, chacun bandant son arc. Hugo n'aurait jamais pensé qu'il éprouverait un tel soulagement à la vue des brigands. C'est pourtant ce qu'il ressentait, car l'irruption des Diables de Marcantour le sauvait d'une situation humiliante.
Origal s'était retourné vers les archers. Il ne semblait pas inquiet. Au contraire, il souriait : ses hommes étaient dix fois plus nombreux.
– Les fous ! ricana-t-il en ordonnant à ses cavaliers de se mettre en selle.
« C'est toi le fou, songea Hugo. Tu ne connais pas le Seigneur aux mains rouges, mais tu vas apprendre à le connaître ! »
Les six Diables Rouges continuaient d'avancer sans crainte. Cette audace aurait dû inciter Origal à la prudence. Mais, sûr de sa force, le capitaine de Richebourg lança brusquement ses soixante cava-

liers. Face à eux, les six brigands levèrent leurs arcs. Les cavaliers n'étaient plus qu'à une cinquantaine de pas lorsqu'ils lâchèrent leurs traits.
Au lieu des six flèches attendues, une véritable pluie de projectiles s'abattit soudain sur les hommes de Richebourg. De tous les côtés, des archers rouges surgissaient de la forêt et frappaient les chevaux de Richebourg en pleine course. Les bêtes trébuchaient, entraînant leurs cavaliers. Les hommes qui suivaient piétinaient leurs compagnons avant de s'écrouler à leur tour.
En quelques minutes, la clairière fut couverte de morts et de blessés. Il ne resta plus en selle qu'Origal. Mais, au lieu de se rendre, le capitaine de Richebourg chargea les Diables Rouges en faisant tournoyer son épée. Les brigands s'écartèrent devant lui. Emporté par son élan, Origal atteignit la lisière de la forêt. Il se croyait hors d'atteinte lorsqu'un filet, lancé du haut des arbres, tomba sur lui. Quatre Diables Rouges resserrèrent le filet et attachèrent le prisonnier entre deux chevaux. Pendant ce temps, les autres brigands achevaient les survivants. Après quoi, ils s'emparèrent des chevaux et des armes de leurs victimes.
Révolté par cet horrible spectacle, Hugo crispa les poings. « Bande d'assassins ! pensa-t-il. Dire que ce sont les soldats de mon père ! »
Cependant, trois Diables Rouges se mirent à examiner Hugo et Ancelin comme des bêtes curieuses. Hugo n'avait jamais vu ces trois-là. Son père avait

dû les recruter peu de temps auparavant, car ils ne connaissaient pas non plus le fils de leur maître. Ils semblaient capables de lui ouvrir la gorge ou les entrailles pour le seul plaisir de se distraire. Le jeune chevalier redressa fièrement la tête, décidé à ne pas implorer leur pitié.

– Les jolis dindons ! Si on les plumait ? proposa l'un des brigands en exhibant un long couteau.

Les autres éclatèrent de rire. Leurs yeux se mirent à briller.

– Détache-moi si tu es un homme ! rugit Hugo.

– Je le ferai, mais d'abord je vais te plumer, ricana le brigand. C'est plus…

– Prudent, dit Hugo.

– Commode, rectifia l'homme en clignant de l'œil vers ses compagnons.

– À ta place, Marco, je ne ferais pas ça, conseilla un nouveau venu.

Hugo reconnut Ulrich, l'un des vieux compagnons de son père.

– Qui pourrait m'en empêcher ? se rebiffa le dénommé Marco.

– Le Seigneur aux mains rouges, dit Ulrich d'une voix douce. Ce garçon est son fils.

Le couteau frémit dans la main de Marco. Cependant, le brigand ne voulait pas perdre la face devant ses compagnons.

Sa lame trancha les liens de Hugo.

– Tu voulais savoir si j'étais un homme ? grinça-t-il. Eh bien, le moment est venu.

Relevant le défi, Hugo ramassa son épée, que les hommes de Richebourg avaient jetée à terre. De son côté, Marco tira la sienne après avoir fait passer son couteau dans la main gauche.
– À ta place, Marco, je ne ferais pas ça, répéta Ulrich.
– C'est la loi, non ? rugit Marco.
Tous les Diables Rouges, réunis en cercle, approuvèrent bruyamment.
– C'est la loi, oui, confirma avec un sourire entendu Ulrich, qui connaissait la redoutable habileté à l'épée du jeune chevalier.
Le premier geste de Hugo fut de libérer Ancelin. Profitant du fait qu'il avait le dos tourné, Marco chargea. Les Diables Rouges retinrent leur souffle. Tous crurent qu'il allait embrocher le jeune chevalier. Mais Hugo fit un pas de côté, et la lame du bandit rencontra le vide. Son poids l'entraîna vers un tronc abattu, derrière lequel il disparut. Hugo n'avait pas tourné la tête. Il bavardait avec Ancelin comme s'il n'avait pas remarqué son adversaire.
Marco sortit du trou où il était tombé, et chargea à nouveau en poussant un juron.
Cette fois-ci, Hugo lui fit face. Il détourna la lame de son adversaire et, d'un coup d'épaule, il envoya l'homme dans les bras de ses compagnons.
– Par l'enfer ! Je vais te couper les oreilles ! rugit le bandit, hors de lui.
Il écumait de rage, mais la vivacité de Hugo

l'avait rendu prudent. Au lieu de foncer sur l'adolescent, il s'approcha lentement, les jambes pliées, les bras écartés, pointant son épée et son couteau bien parallèles.
Hugo l'attendait, les deux mains appuyées sur son épée.
Le brigand attaqua brusquement. D'un revers de lame, Hugo fit dévier l'épée de son adversaire, puis il frappa à son tour. Son fer frôla le visage du brigand. On aurait dit un coup involontaire ; toutefois, le tranchant lui fendit l'oreille droite. Furieux, Marco porta un coup terrible, mais Hugo se baissa avec la souplesse d'un fauve. Au lieu d'atteindre le chevalier, l'épée du brigand heurta un arbre. Elle entailla le bois et se tordit sous le choc.
– Joli coup ! apprécia Hugo.
Il attaqua d'un geste vif. Sa lame frôla à nouveau le visage de Marco et, cette fois-ci, lui entailla l'oreille gauche.
– Crève ! hurla le bandit.
Son couteau fendit l'air. Hugo bloqua la lame, repoussa le brigand et le frappa du pommeau de son épée en plein front. Marco poussa un grognement et s'effondra sur le sol.
– Bravo ! applaudit Ancelin.
Ulrich secoua la tête avec désapprobation.
– Tu as eu tort, soupira-t-il.
– Tort ? s'étonna Hugo.
Ulrich montra les Diables Rouges, qui regardaient

le jeune chevalier d'un air hostile.

– Si tu l'avais tué, ils t'auraient admiré, dit-il. Mais ils ne te pardonneront pas de l'avoir humilié.

– Je n'ai que faire de l'admiration de ces égorgeurs, lança Hugo avec mépris.

– Voilà qui promet de passionnantes discussions avec ton père ! soupira Ulrich.

Les brigands se mirent en route. Hugo et Ancelin les suivirent à dos de mule. En chemin, Hugo essaya de questionner Ulrich au sujet de la princesse, mais le brigand se contenta de hausser les épaules. Il lui en voulait de ses paroles méprisantes. Les Diables Rouges, eux, le regardaient en ruminant des plans de vengeance.

« Si je n'étais pas le fils de leur maître, ils m'écorcheraient vif », songea le jeune chevalier.

La vision de Jeanne aux mains de ces brutes le révolta. Il l'avait oubliée durant le combat. Maintenant, il tremblait pour elle.

Lorsqu'ils arrivèrent à Marcantour, Hugo constata que le château avait changé. Depuis sa dernière visite, il s'était agrandi. Une première enceinte de pierre entourait les logis ; la deuxième, enfermant le château, avait été surélevée.

Hugo entra dans la cour, fendit la foule des brigands et gagna le donjon. Son père se tenait d'habitude dans la salle haute de la tour, glaciale et austère. Le jeune homme pensa à la prison creusée dans le sol rocheux. C'est peut-être là qu'on avait enfermé Jeanne.

L'échelle de bois qui menait jadis aux étages supérieurs avait été remplacée par un escalier de pierre. En montant les marches, Hugo entendit de la musique.
« Je rêve », pensa-t-il.
Il s'arrêta pour écouter. Quelqu'un jouait de la vielle. Hugo connaissait cet instrument à cordes actionné par une manivelle pour l'avoir vu à la cour du comte d'Auvergne. Mais c'était bien la première fois qu'un air de musique retentissait dans ce repaire de brigands.
En arrivant dans la salle, Hugo fut frappé par la lumière qui l'inondait. Des centaines de cierges brûlaient. On se serait cru à l'église, un jour de Pâques.
Autour de la table, chargée de plats appétissants et de pichets de vin, quinze convives bavardaient joyeusement. Parmi eux se tenait le père de Hugo, richement vêtu d'une tunique rouge brodée d'or. Lui, si bourru d'ordinaire, discutait avec animation. À sa droite, une jeune femme blonde riait en penchant gracieusement la tête.
Lorsque Bernard de Marcantour aperçut son fils, il leva une main d'un geste autoritaire. Aussitôt la musique s'arrêta et les conversations cessèrent.
– Viens t'asseoir, cria-t-il avec entrain. Ne fais pas le timide.
La femme blonde se retourna avec curiosité. Hugo reconnut le visage rieur de Jeanne de Richebourg.

8

Hugo s'assit à contrecœur à côté de Jeanne. Avec ses habits poussiéreux et son visage marqué par les combats, il se sentait ridicule. Au milieu des brigands qui festoyaient, la gaieté de la princesse lui semblait indécente.

– J'ai eu peur pour vous, murmura-t-il avec amertume. Et vous voilà qui banquetez avec ces misérables.

– Vous vous êtes inquiété pour moi ? Après tout le mal que je vous ai fait ? répondit-elle avec une douceur malicieuse.

Les yeux de Jeanne cherchaient les siens, mais il se détourna de cette beauté qui le troublait malgré lui.

– Vous connaissez mon fils, à ce que je vois ! s'écria Bernard de Marcantour.

– Votre fils ? s'étonna la princesse.

Hugo se mordit les lèvres. Il craignait qu'en découvrant sa véritable identité Jeanne ne le

prenne pour un brigand comme les autres.
Nicole, assise à la gauche du maître, se mit à raconter comment Hugo les avait délivrées des serpents.
– Vas-tu aussi délivrer ces jolies créatures de ces bêtes-là ? demanda le Seigneur aux mains rouges en montrant ses brigands attablés.
Les convives éclatèrent de rire.
Hugo constata avec dépit que Jeanne riait aussi.
Bernard de Marcantour la regardait avec attendrissement. Il n'était pas insensible à la beauté de la princesse, c'était évident.
La jalousie mordit le cœur du chevalier.
– Je me suis trompé, dit-il en se levant. Je croyais cette jeune femme en danger, mais je vois qu'elle est votre invitée. Je n'ai donc plus rien à faire ici.
– Assieds-toi ! ordonna Marcantour.
– Non, merci, répondit Hugo avec dédain. De plus nobles affaires m'appellent auprès de Louis d'Aubepierre.
Il savait qu'en disant cela il insultait son père. Il se vengeait ainsi de sa complicité avec Jeanne.
– Faudra-t-il que je te force à rester ? le menaça Marcantour.
– Vous pouvez toujours essayer, répliqua Hugo en portant la main à son épée.
Marcantour se dressa dans un silence de mort. La colère défigurait ses traits.
– Je ne suis pas invitée, intervint Jeanne en se levant à son tour.

Marcantour contempla le visage de la jeune fille.
– La princesse est ma prisonnière, dit-il d'une voix rude. Voulais-tu que je la jette dans une fosse, avec les fers aux pieds ?
Hugo faillit répliquer : « C'est ce que tu fais d'habitude, non ? », mais il se contenta de secouer la tête avec lassitude. Il avait envie de fuir ce lieu maudit et cette fille trop belle.
Au même instant, Ulrich pénétra dans la pièce et vint parler à l'oreille de Marcantour.
– Suis-moi, dit celui-ci à l'adresse de Hugo.
Le jeune chevalier descendit avec son père dans la cour du château. Des brigands y avaient allumé un feu et avaient suspendu Origal, toujours ficelé dans son filet, au-dessus des flammes. Le feu n'atteignait pas encore le capitaine, mais il roulait des yeux terrifiés.
Bernard de Marcantour s'approcha de lui. Il tira son poignard à la longue lame tranchante, et il en piqua le dos du prisonnier. Celui-ci tressaillit dans le piège dont les cordes s'incrustaient dans sa peau.
– Je te laisse le choix, dit le Seigneur aux mains rouges. Soit tu grilles tout de suite, soit tu portes un message à ton maître.
– Je porterai votre message, dit Origal avec empressement.
Marcantour approcha son visage de celui du prisonnier.
– Oui, mais prends garde, dit-il. Tu dois être de

retour dans huit jours avec ce que je vais lui demander. Sinon, mes hommes t'attraperont et te couperont en morceaux. Je veux cinquante mille écus, et la princesse sera libre.

– Je serai là, promit Origal.

– Je te le conseille, gronda Marcantour.

D'un coup sec, il trancha le filet et Origal tomba dans le brasier.

9

Origal était parti sous les railleries des hommes de Marcantour. Sa tunique était roussie par le feu. Les brigands l'avaient hissé sur un vieux mulet au méchant caractère, qui ruait et tentait de mordre son cavalier.

Hugo méprisait cet homme et l'aurait volontiers tué en combat régulier, mais il ne supportait pas qu'on l'humilie ainsi. Les Diables Rouges étaient pires que des bêtes.

Le jeune chevalier avait été stupéfait par les exigences de Marcantour : le prince de Richebourg devait verser cinquante mille écus pour que son épouse soit libérée ! C'était une rançon de roi : le prince avait beau être riche, jamais il ne pourrait réunir une somme pareille en quelques jours !

– Et s'il ne paie pas ? avait demandé Hugo.

– Il paiera, avait assuré Marcantour.

Six jours s'écoulèrent, mais Origal n'avait pas reparu. Hugo jugeait l'homme capable de trahir le

prince pour garder le trésor qu'il devait convoyer jusqu'à Marcantour.
Cependant, Jeanne ne semblait pas inquiète. Elle se promenait autour du château en compagnie de Nicole. « Elles sont complètement inconscientes ! » songeait Hugo en voyant les deux jeunes femmes qui bavardaient gaiement. En effet, si la rançon n'était pas versée à temps, les Diables Rouges pourraient très bien les égorger et renvoyer leurs dépouilles au prince.
– Quel air sombre ! dit Jeanne au jeune chevalier, qui s'approchait avec son écuyer
– Le vôtre devrait l'être aussi, répliqua Hugo.
– Lui aurait-on volé ses chevaux ? lança malicieusement Nicole à sa maîtresse.
Les deux jeunes filles se mirent à rire. Hugo se contenta de hausser les épaules, mais Ancelin releva l'insolence :
– En ce qui me concerne, je préfère qu'un brigand ressemble à un Diable qu'à un ange.
– Il est vrai que vous êtes connaisseur en la matière, riposta Nicole. Vous vivez ici, non ?
– Je ne suis pas un Diable Rouge ! grogna Ancelin.
– Moi non plus, rétorqua Nicole.
Hugo s'était détourné. Il regardait avec tristesse les sommets des montagnes.
« Pourquoi suis-je resté ici ? songeait-il. Pour veiller sur Jeanne ? Allons donc ! Elle n'a pas besoin de ma protection. La vérité, c'est que je

suis encore amoureux d'elle et je suis incapable de lui dire adieu. »
Comme si elle devinait ses sentiments, Jeanne vint s'appuyer à son bras et l'entraîna à l'écart.
– Vous devez me trouver bien ingrate, murmura-t-elle. Et vous avez raison. Mais il n'est pas facile d'être une femme dans ce monde brutal. Mon père m'a livrée à un monstre. Me croirez-vous si je vous dis que ce repaire de brigands est le premier endroit où je me sens en sécurité depuis un an ? Regardez ce ciel, ces oiseaux, ces montagnes. N'est-ce pas le paradis ?
Ils marchèrent un moment côte à côte, sans dire un mot.
Enfin, Hugo rompit le silence :
– Si votre époux est un monstre, comme vous le dites, pourquoi paierait-il votre rançon ?
Jeanne frissonna :
– Vous ne savez pas de quoi Richebourg est capable pour se venger !
– Se venger ?
– Je l'ai trahi en m'enfuyant, mais je ne pouvais pas faire autrement, dit-elle d'une voix brisée.
Elle posa sa tête sur l'épaule de Hugo. Cet abandon le bouleversa. Il oublia aussitôt les mensonges de Jeanne, sa façon de séduire les hommes pour ensuite se moquer d'eux. Il ne vit plus que son profil délicat, ses lèvres tremblantes et les larmes qui avaient rempli ses yeux.
Une voix railleuse interrompit leur tête-à-tête :

– Vous cherchez à fuir ? Quelle imprudence, les amoureux !
Hugo aperçut Marco, entouré de six de ses compagnons. Le brigand portait des pansements sur ses oreilles fendues. Une lueur mauvaise brillait dans son regard.
Instinctivement, le jeune chevalier chercha son épée, mais son fourreau était vide. « Quelle folie de se promener sans armes ! » se dit-il.
Jeanne et lui s'étaient éloignés du château, Ancelin et Nicole ne les avaient pas suivis. Bernard de Marcantour et ses principaux lieutenants étaient partis à l'aube. Face aux sept brigands, Hugo n'avait donc aucun soutien à attendre.
– Tu connais les ordres de mon père ? menaça Hugo.
– Je les connais par cœur, ricana Marco en saisissant brusquement Jeanne et en l'attirant contre lui.
Le brigand savait qu'il risquait d'être pendu pour son geste, mais sa haine envers Hugo était plus forte que sa peur du Seigneur aux mains rouges.
Hugo se jeta en avant. Aussitôt, trois brigands dirigèrent leurs épées contre sa poitrine.
– Misérables ! gronda Hugo.
Il contemplait, impuissant, la jeune princesse qui se débattait désespérément dans les bras du bandit.
– Lâche-la ou je te tue ! cria-t-il.
– Ne te gêne pas, gloussa Marco.
Saisissant le visage de Jeanne, il l'attira à lui pour

l'embrasser. Au même instant, les Diables Rouges se retournèrent pour faire face à un nouvel adversaire. C'était Ancelin.

– À toi, Hugo ! cria-t-il.

Il lança une épée, que le jeune chevalier saisit au vol. Furieux, Hugo se précipita sur ses adversaires et se mit à frapper à la vitesse de l'éclair. Les brigands, harcelés, reculèrent. Ils se contentaient de parer les coups, car, à la différence de Marco, ils ne tenaient pas à blesser le fils de leur seigneur. Se moquer de lui était sans conséquence, mais faire couler son sang leur aurait valu d'être écorchés vifs.

Cinglés, balafrés, ils ne tardèrent pas à prendre la fuite. Marco se retrouva seul, tenant toujours Jeanne contre lui.

– Lâche-la ! ordonna Hugo.

Le brigand tira son poignard et l'appuya sur la gorge de la jeune fille.

– Toi, jette ton arme ! exigea-t-il.

Sa main tremblait de peur et de rage. Il était capable de tout. Hugo vit perler une goutte de sang sur la peau blanche de Jeanne.

Il jeta son épée à ses pieds.

En le voyant désarmé, Marco repoussa Jeanne et bondit sur Hugo. Mais, au moment où il s'élançait, le couteau levé, Ancelin lui trancha les jarrets tandis que Hugo ramassait son épée. Les deux mouvements avaient été fulgurants. Le brigand vint s'empaler en hurlant sur la lame du jeune chevalier.

Il tomba, les bras en croix. L'épée, qui lui avait traversé le corps, se dressait vers le ciel.

Accourue à son tour, Nicole avait relevé Jeanne. La princesse, toute pâle, regardait Hugo avec admiration.

– Messire…, murmura-t-elle.

Elle fut interrompue par l'arrivée fracassante de trois cavaliers. Bernard de Marcantour était parmi eux. Il sauta à terre.

– Qu'est-il arrivé ici ? demanda-t-il avec sévérité.

– Rien, dit Hugo, la mort d'un serpent !

– Tu sais que j'interdis les querelles ! s'emporta Marcantour.

Hugo haussa les épaules :

– Ce n'en était pas une !

– Tu as donc tué sans raison ?

– Non, ça, c'est votre spécialité, gronda Hugo.

Ivre de rage, Marcantour leva la main sur le garçon qui osait le défier.

– Seigneur ! s'écria Jeanne, votre fils m'a sauvé la vie !

Marcantour suspendit son geste. Son regard alla de la princesse à Marco et de celui-ci à Hugo.

– C'est bon, dit-il. Mais souviens-toi que je suis seul à faire justice à Marcantour. Donne-moi ton épée !

– Servez-vous ! répliqua Hugo en montrant le brigand empalé.

10

Le lendemain de l'agression, Hugo se réveilla avant l'aube. Il sortit du logis inconfortable qui ressemblait à une étable. Les hommes de Marcantour s'y entassaient comme des bêtes sur une couche de paille puante.

Il gagna le sommet du rempart.

Il respira à pleins poumons l'air vif de la fin de la nuit et contempla le soleil qui se levait au-dessus des montagnes. La lumière repoussait le brouillard vers les vallées, le vent agitait les bannières. Un oiseau de proie tournait dans le ciel.

Tout à coup, Hugo devina une présence à ses côtés : c'était Jeanne, emmitouflée dans un châle. Elle était pieds nus et frissonnait.

Il demanda :

– Vous avez froid ?

Elle ne répondit pas. Ses yeux écarquillés fixaient la muraille opposée. Hugo suivit son regard et découvrit avec stupeur ce qui la fascinait. Deux

gibets se dressaient là. À chacun d'eux se balançait une silhouette rouge. Ces hommes étaient ceux qu'il avait blessés la veille. Le Seigneur aux mains rouges les avait fait exécuter durant la nuit.
– La justice de Marcantour ! s'écria-t-il avec un rire amer.
– C'est à cause de toi qu'ils ont été pendus ! lança l'un des gardes qui veillaient aux créneaux.
La voix du brigand était remplie de haine. Hugo, plein de honte et de dégoût, ne répondit pas.
Soudain, une sonnerie de trompette retentit au pied des remparts. Le long de la pente menant au château, Hugo vit une caravane. Elle se composait de deux chariots escortés par dix cavaliers vêtus de noir.
D'autres cavaliers apparaissaient au loin, émergeant de la brume. Ceux-là portaient des tuniques rouges.
– C'est la rançon ! s'écria Jeanne avec joie.
Hugo admira malgré lui son beau visage rose d'excitation. « Elle a déjà oublié les pendus », se dit-il.
Sans se soucier du sol boueux et de ses pieds nus, la princesse se précipita au bas du rempart et courut vers la grille du château.
« Elle m'a oublié, moi aussi, songea-t-il tristement. Mais, après tout, c'est de sa liberté qu'il s'agit. »
Les deux chariots s'arrêtèrent devant le château. Chacun d'eux était chargé de vingt coffres de cuir ou de fer.

– Ouvrez les coffres ! ordonna Marcantour, qui était arrivé lui aussi.
Les Diables Rouges repoussèrent Origal et ses hommes et bondirent sur les chariots. Après avoir forcé les serrures, ils plongèrent leurs bras dans le tas de pièces d'argent avec des grognements de plaisir.
– Comptez ! exigea Marcantour.
– Cinquante mille écus. Le compte y est, lui assura Origal.
Les Diables Rouges alignèrent les écus dix par dix. Lorsque le premier chariot eut été vidé, Marcantour cria :
– Ça suffit !
– Vous êtes satisfait ? demanda Origal.
Marcantour inclina la tête :
– Tu remercieras ton maître.
Sans plus attendre, Origal alla chercher un cheval blanc attaché à l'un des chariots.
– Princesse ? fit-il avec une fausse courtoisie.
Mais Jeanne ne broncha pas.
– La princesse ne part pas avec vous, dit Marcantour.
– Que dis-tu ? s'écria Origal en blêmissant.
Un sourire fugitif éclaira le visage sévère de Marcantour :
– La princesse est libre, c'est bien ce qui était convenu, non ? Elle ne retournera donc pas chez son époux.
« Bien joué ! » songea Hugo, soudain réconcilié avec son père.

– Le prince ne sera pas content, fit remarquer Origal d'un ton menaçant.
– Je l'espère bien, répliqua Marcantour, narquois.
– C'est donc la guerre, gronda Origal.
– Tout de suite, si ça te fait plaisir, proposa Marcantour.
Les Diables Rouges éclatèrent de rire. Ils étaient plus d'une centaine, face aux dix cavaliers de Richebourg. Sans attendre le signal de leur capitaine, ceux-ci sautèrent en selle.
– Vous avez une heure pour quitter mes domaines, précisa Marcantour. Laissez les chariots, ils vous encombreraient.
Avant de partir, Origal jeta à Jeanne un regard brûlant de haine :
– Nous nous reverrons, Madame.
Puis il bondit à cheval et s'élança au galop pour rejoindre ses hommes sous les huées des brigands.
Hugo s'avança vers son père. Il était si rassuré de voir que Marcantour n'avait pas livré Jeanne à son terrible époux qu'il ne put s'empêcher de dire :
– Beau travail !
– Content que tu apprécies, grogna Marcantour en réprimant un sourire.
Il se tourna vers ses hommes et ordonna :
– Déchargez !
Les Diables Rouges remirent les écus dans les coffres et commencèrent à les transporter à l'intérieur du château.
– Pas ceux-là ! cria soudain Marcantour. Le

deuxième chariot appartient à la princesse.
– C'est ma part du butin, dit Jeanne en riant.
– Qu'est-ce que ça signifie? demanda Hugo en fronçant les sourcils.
– Nous avons conclu un marché, la princesse et moi, précisa Marcantour.
– Alors tout ça n'était qu'une misérable comédie ! Une affaire de brigands ! s'indigna Hugo.
– Une affaire entre brigands, corrigea Marcantour. Ces cinquante mille écus, le prince les a volés. Pour les avoir, il a pillé, torturé, massacré. Et tu voudrais que j'aie des remords ?
– Je ne parlais pas de vous, père, répliqua Hugo d'un ton dédaigneux. Rançonner, c'est votre métier.
En disant cela, il regardait Jeanne, qui s'était détournée en rougissant. Le trouble de la jeune princesse trahissait sa culpabilité : c'était elle qui avait imaginé ce faux enlèvement. Elle avait abusé son époux avec la complicité d'une bande de brigands. Elle s'était moquée de lui. Soudain, son air angélique fit horreur à Hugo. Il n'éprouvait que déception et mépris. « Dire que j'ai pu être amoureux d'elle ! » songea-t-il amèrement.
– Prends cent écus et ne fais pas la mauvaise tête ! proposa Marcantour pour le tenter.
– Jamais ! Distribuez-les aux pauvres ! grogna Hugo. Tout ce que je veux, ce sont mes chevaux.
– Comme tu voudras, dit Marcantour, agacé. Retourne à ton couvent et à ta vie de mendiant !

Jeanne se précipita vers Hugo.
– Que sais-tu de l'honneur d'une femme vendue, humiliée, forcée de fuir pour échapper à un monstre ? s'écria-t-elle d'une voix exaltée.
Hugo éclata d'un rire insultant :
– Assez de comédie ! Je ne vous crois pas. Vous vous êtes jouée de moi, et je ne vous ferai plus jamais confiance !
Ancelin amena leurs chevaux, Ardent et Viking, qu'ils avaient repris à Jeanne.
Hugo et son écuyer sautèrent en selle. Tandis qu'ils descendaient vers la plaine, les Diables Rouges se dispersèrent. Bernard de Marcantour disparut à son tour. Seule resta visible la robe rouge de Jeanne, comme une tache de sang sur les murs gris du château.

11

Après avoir quitté Marcantour, Hugo et Ancelin mirent deux jours pour rejoindre Saint-Étienne-des-Forêts. Les abords de l'abbaye étaient envahis d'hommes armés. Le jeune chevalier crut d'abord à un siège, mais les soldats semblaient pacifiques. II comprit que cette troupe était l'alliée de l'Église.

Louis d'Aubepierre les attendait avec impatience.

– Je vous croyais morts ! s'écria le prieur. Où étiez-vous passés ?

– À Marcantour, répondit Hugo d'un air sombre.

– Marcantour ? Que vient faire ce pillard dans nos affaires ? s'emporta frère Louis.

– C'est mon père, protesta Hugo.

– Ça, je le sais, grogna le prieur. Mais tu as mal choisi le moment pour les visites de famille. Il faut partir !

– Tout de suite ? soupira Hugo.

Ils étaient revenus à l'abbaye à bride abattue.

Depuis vingt heures, ils n'avaient pas dormi, et leurs chevaux étaient fourbus.
– Nous aurions dû nous mettre en route il y a deux jours ! grommela le prieur. Les armées alliées nous attendent.
– Où ça ? demanda Hugo.
– À Clermont, répondit Louis d'Aubepierre en fixant une épée à sa ceinture. L'armée d'Aliénor d'Aquitaine campe à quelques lieues de là. Elle veut chasser l'évêque, partisan du roi de France. Si nous la laissons faire, toute l'Église d'Auvergne sera soumise au roi d'Angleterre. On ne peut plus attendre.
Il sortit pour réunir ses hommes. C'étaient de petits seigneurs des environs, fidèles à l'Église et au roi Louis VII, ou bien d'anciens soldats. Louis d'Aubepierre avait réuni deux cents guerriers. Il était fier de sa troupe. Avec son casque et sa cotte de mailles, il avait l'air d'un vrai capitaine. Ceux qui avaient combattu à ses côtés à l'époque de la croisade reconnaissaient l'ardeur du Prince du Désert.

Quelques jours plus tard, ils rejoignirent l'armée des quatre évêques devant les murs de Clermont. On l'appelait ainsi car elle était commandée par les grands seigneurs de l'Église : ceux de Clermont, Aurillac, Mende et du Puy. Cette armée comptait cinq mille hommes animés d'une foi ardente, mais elle se composait d'une multitude de

petits contingents qui n'avaient jamais combattu ensemble.
Face à elle, l'armée d'Aliénor s'appuyait sur le comte d'Auvergne, ses grands vassaux, et surtout sur deux mille Aquitains commandés par Bernard de Hautefort, un grand capitaine.
Hugo était impatient de combattre. Il s'était jeté avec rage dans cette expédition pour oublier la trahison de Jeanne. Hélas, malgré sa fatigue, il n'arrivait pas à dormir, hanté par le beau visage de la princesse. Sa rancune ne parvenait pas à l'effacer. Cependant, avec les autres, il se préparait à l'affrontement. Aidé par Ancelin, il aiguisait son épée, il huilait sa cotte de mailles pour l'empêcher de rouiller et la rendre plus souple. Il vérifiait les sangles de son cheval. Il avait dû laisser Ardent à l'abbaye, car la bête était trop fatiguée pour entreprendre le voyage de Clermont. Il regrettait son beau coursier, qui n'avait pas son pareil au combat.
Au matin du deuxième jour, des trompettes retentirent : les guetteurs signalaient l'approche de l'armée d'Aliénor. Aussitôt, la fièvre s'empara des soldats de l'Église. Les écuyers sellèrent les chevaux, pendant que les valets d'armes couraient, transportant des brassées d'armes et des bannières, et que les archers préparaient leurs flèches.
Tout cela se faisait dans le plus grand désordre, à la fureur des seigneurs qui hurlaient sans arriver à se faire obéir.

– Misérable troupeau ! gronda Louis d'Aubepierre, qui contemplait ce spectacle lamentable du haut d'une colline.
L'armée des évêques, réunie à la hâte, n'avait pas eu le temps de s'organiser. Et Aliénor en profitait pour attaquer.
Une heure après, Hugo et Ancelin virent surgir les Aquitains. En réalité, ce n'était pas une armée, mais une centaine de cavaliers. Ces cavaliers s'immobilisèrent sur une hauteur, comme pour contempler leurs ennemis.
Puis un cavalier se détacha des autres et descendit lentement vers l'armée de l'Église. Il portait les couleurs d'Aliénor.
– C'est un héraut, dit Hugo à Ancelin. Il apporte un message de la reine.
Le cavalier se dirigea vers les tentes des évêques dressées sous les remparts de Clermont.
Une heure s'écoula.
– Ce message est bien long ! grommela Ancelin, nerveux.
Autour d'eux, les soldats commençaient à s'agiter. Le soleil rayonnait, et sous leurs casques de fer ils souffraient de la chaleur. Des essaims de taons s'acharnaient sur les chevaux, que les écuyers avaient du mal à maîtriser.
– Le voici ! annonça enfin Hugo.
Le cavalier était revenu. Avec la même lenteur qu'à l'aller, il traversa les rangs de l'armée de l'Église et rejoignit ses compagnons.

Au bout de quelques minutes, les cavaliers aquitains tournèrent bride et disparurent.
– Voilà une victoire comme je les aime ! plaisanta Ancelin.
À cet instant, un jeune religieux vêtu d'une robe noire s'avança vers Hugo :
– Frère Louis vous demande, Messire.
– Moi ? s'étonna Hugo.
Il confia son cheval à Ancelin et suivit le religieux. Ils se dirigèrent vers les murailles de Clermont, à travers les vagues de soldats qui couvraient la plaine. Le guide s'arrêta devant une vaste tente blanche surmontée de bannières qui abritait le conseil des évêques.
– C'est ici, Messire, dit le religieux en s'effaçant.
À l'entrée de la tente, dix soldats veillaient, l'arme au poing. Leur capitaine introduisit Hugo auprès d'une assemblée de seigneurs richement vêtus. Parmi eux, les quatre évêques se reconnaissaient à leurs mitres et à leurs crosses d'or et d'argent.
– Voici notre champion, annonça Louis d'Aubepierre.
– Mais ce n'est qu'un enfant ! s'exclama le plus vieux des évêques, celui du Puy.
– Un vaillant chevalier, insista frère Louis.
– C'est vrai, reconnut l'évêque de Clermont. Je l'ai vu combattre. S'il est aussi habile à la lance qu'à l'épée, nous pouvons dormir tranquilles.
L'évêque d'Aurillac et celui de Mende approuvèrent d'un signe de tête.

– Tu seras notre champion, conclut Louis d'Aubepierre. Pour éviter une guerre meurtrière, la reine Aliénor a proposé d'organiser un tournoi opposant le camp d'Angleterre et celui de l'Église.
– Nous avons déjà désigné deux champions, dit l'évêque de Clermont. Il en faut trois. Veux-tu être le troisième ?
– J'accepte, dit Hugo.

12

Tous les chevaliers auraient voulu être à la place des trois champions désignés par les évêques pour combattre au nom de l'Église. Les deux premiers, Arnaud de Polignac et Henry de Pierrefort, étaient célèbres pour avoir remporté de nombreux tournois. Hugo, lui, était inconnu. Il semblait fluet à côté des autres combattants.

– Au premier coup de lance, il s'envolera ! plaisanta un soldat.

Hugo avait peur. Il ne redoutait pas les blessures, ni la mort. Il craignait d'être vaincu. La lance n'était pas son arme favorite. Il était beaucoup plus adroit à l'épée. Mais, là, il n'avait qu'une lance, un bouclier de bois et une armure.

– Tu vas les massacrer ! s'écria Ancelin, surexcité.

Hugo hocha la tête :

– Nous aurons contre nous les meilleurs combattants d'Angleterre et d'Aquitaine. Aliénor les a fait venir exprès. Nous n'avons aucune chance de

vaincre. Elle le sait. Je suis sûr qu'elle fête déjà sa victoire.
– Nous avons un allié qu'elle n'a pas ! coupa Louis d'Aubepierre.
– Lequel ?
– Dieu, murmura le prieur.
« C'est vrai, songea Hugo. Dieu sera de notre côté. Mais si cette lance était moins longue, ce casque moins lourd, et si je pouvais monter mon fidèle Ardent, je serais plus rassuré ! »
À l'instant précis où il pensait à son cheval, il entendit un hennissement joyeux. Hugo sursauta.
– C'est impossible ! balbutia-t-il.
– Tout est possible. Il suffit de croire ! dit frère Louis.
Hugo aperçut Ardent qui venait à lui. Il était mené par un jeune moine de l'abbaye. En réalité, c'était le cheval qui tirait le moine. Il se précipita vers son maître et frotta son museau contre son dos.
– Mon beau héros ! murmura Hugo.
– J'ai ordonné qu'on t'amène ton fidèle compagnon, expliqua frère Louis. Avec lui, tu te sentiras plus confiant.
– Merci, parrain ! dit Hugo en caressant l'animal.
Ardent était un cheval intelligent. Il aimait le combat, savait réagir vite et tromper l'adversaire.
– Quand partons-nous ? demanda Hugo avec impatience.
– J'aime mieux ça ! se réjouit frère Louis. Départ dans une heure !

Le lieu du tournoi était une vaste plaine, à l'ouest de Montferrand.
Lorsque Hugo y arriva, il fut étonné par la majesté du décor. Sur le côté droit de la plaine, on avait édifié deux tribunes de bois, recouvertes de toiles. L'une d'elles, celle des Aquitains, était verte. L'autre, toute blanche, était réservée aux partisans de l'Église. Dans la première, une centaine de seigneurs était installée. À leurs côtés paradaient des dames portant des couronnes de fleurs et vêtues de robes brodées.
Derrière la reine Aliénor, on reconnaissait le comte d'Auvergne, son neveu, et la plupart de leurs grands vassaux. Leurs bannières claquaient fièrement au vent.
Dans la tribune blanche, autour des quatre évêques, les petits seigneurs ralliés à l'Église faisaient piètre figure. Une simple bannière blanche, ornée d'une croix d'or, flottait au-dessus de leur assemblée silencieuse.
– C'est beau ! s'exclama Hugo, intimidé. Je ne savais pas que ce décor existait.
– Il n'existait pas ! répliqua frère Louis. Aliénor l'a fait construire.
– En six jours ? s'étonna Hugo.
– Tu plaisantes ! Il a fallu beaucoup plus longtemps. La reine a ordonné sa construction dès son arrivée en Auvergne.
– Donc, elle ne voulait pas la guerre, conclut Hugo.

– Elle ne tenait pas à affronter l'Église, rectifia le prieur. Cette femme est d'une intelligence diabolique. Ce tournoi n'est pas un geste chevaleresque, comme tous le croient. C'est un piège.
– Alors pourquoi l'avoir accepté ? s'étonna Hugo.
– L'Église a condamné les tournois, dit frère Louis, car ils ne servent qu'à satisfaire l'orgueil des chevaliers. Comment des chrétiens osent-ils se livrer à ces luttes stupides, au lieu de partir à la croisade ? Mais…
Le regard de frère Louis se perdit dans la foule immense qui occupait la plaine et les versants des montagnes. Des hurlements s'élevèrent, saluant l'arrivée des six champions.
– … l'épreuve que tu vas subir n'est pas un vrai tournoi, poursuivit-il. C'est un jugement. C'est Dieu qui désignera le vainqueur, ne l'oublie pas.
Des trompettes sonnèrent solennellement.
Ancelin aida Hugo à coiffer son heaume, un lourd cylindre de fer attaché à son armure par des sangles de cuir. Puis il l'aida à enfiler une cotte d'armes blanche ornée d'une croix d'or. Polignac et Pierrefort en portaient de semblables.
Les trompettes retentirent à nouveau.
Les trois chevaliers blancs montèrent à cheval et s'avancèrent vers les tribunes. Ils s'arrêtèrent devant les évêques et inclinèrent leurs lances en signe de respect. Puis ils rejoignirent les trois cavaliers verts, leurs adversaires, devant la loge royale.

Aliénor se leva pour saluer les combattants. Le heaume empêchait Hugo d'entendre les paroles de la reine. Cette boîte de métal l'étouffait et limitait son champ de vision. Le jeune chevalier constata cependant qu'Aliénor était magnifique, avec son corps drapé de vert et ses longs cheveux noirs couronnés d'or.
Soudain, Hugo aperçut, à droite de la reine, une très jeune femme d'une merveilleuse beauté. Ses tresses blondes étaient piquées de roses pâles. Sa robe de soie, blanc et vert, épousait un corps mince et gracieux.
« Je rêve ! » se dit-il.
Mais il n'y avait aucun doute possible : cette jeune beauté, c'était bien Jeanne de Richebourg. Un rire joyeux creusait des fossettes dans ses joues. Elle adressa un salut familier à l'un des cavaliers verts. Celui-ci tendit sa lance. Jeanne déposa sur son extrémité une couronne de fleurs. Le cavalier s'inclina.
« C'est vrai qu'Aliénor est la marraine de Jeanne, se souvint Hugo. La princesse sait-elle que je suis là ? »
Une bouffée de colère l'envahit. Sa peur fit place à un furieux désir de combattre. Il allait montrer à cette orgueilleuse et à tous ces fanfarons de quoi était capable un chevalier auvergnat.
Les trompettes mirent fin au salut.
Les cavaliers blancs regagnèrent leur camp et ôtèrent leur heaume avec soulagement. À l'autre bout

de la plaine, les cavaliers verts en firent autant.
Le champ du tournoi était divisé en deux par une barrière de bois. Les chevaliers s'affrontaient de part et d'autre. Ils devaient combattre deux par deux. Le but était de désarçonner l'adversaire.
Une centaine d'archers veillaient tout autour du champ. Ils interdisaient aux deux armées de franchir ses limites sous peine de mort.
Hugo s'approcha de Polignac, que le sort avait désigné pour combattre en premier.
– Quel est ce chevalier à qui on a offert une couronne ? demanda-t-il.
– Monclar, un Aquitain, dit Polignac. Il va affronter Pierrefort. Tu as de la chance. Le tien, Hunter, est un Anglais. Il est puissant, mais trop lent. Ne te laisse pas impressionner par sa taille.
Il salua Hugo avant que son écuyer fixe à nouveau son heaume.
« Que Dieu soit avec toi », pensa Hugo. Polignac lui était sympathique. C'était un grand seigneur, mais il traitait Hugo comme son égal, comme un compagnon d'armes.
Hélas, la lance de son adversaire désarçonna Polignac au premier choc, à la plus grande joie des Aquitains.
Pierrefort s'avança à son tour.
– À nous deux, Monclar, rugit-il. Je vais t'épingler comme un papillon !
– Calme-toi ! recommanda Louis d'Aubepierre. Observe bien ton adversaire avant de frapper.

Mais Pierrefort était sourd aux conseils du prieur. Il fonça sur Monclar comme un taureau furieux. L'Aquitain sembla hésiter. Il abaissa sa lance vers le sol, puis, au dernier moment, il la releva ; en même temps, son bouclier déviait l'arme de son adversaire. Pierrefort fut soulevé de sa selle et projeté sur la barrière, qui se brisa avec fracas.

Dans la tribune royale, les spectateurs se levèrent et acclamèrent l'exploit du champion. Dans la tribune blanche, les alliés de l'Église baissèrent la tête.

– Tu es notre dernière chance, soupira frère Louis.

– Je sais, dit Hugo.

Il imaginait Jeanne dressée à côté de la reine Aliénor, applaudissant le chevalier vainqueur dont elle avait fleuri la lance un instant auparavant.

« Maudits Aquitains ! » gronda-t-il intérieurement.

– Observe ! lui conseilla le prieur.

– C'est ce que je fais ! répliqua Hugo avec impatience.

Tandis que les valets emportaient Pierrefort blessé et remplaçaient la barrière de bois, il détailla Hunter. L'Anglais était réellement monstrueux. Le cheval, assorti à son cavalier, était une bête gigantesque.

Sûr de sa victoire, Hunter bavardait gaiement avec Monclar, qui avait ôté son armure. L'Aquitain était un bel homme aux épaules larges et aux cheveux blonds comme les blés.

Soudain, le silence s'installa dans les tribunes. Les

deux cavaliers abattirent la visière de leur heaume sur leur visage. Puis les trompettes retentirent, et ils bondirent en avant. Mais, au tiers du champ, Hugo fit ralentir Ardent, cependant que l'Anglais prenait rapidement de la vitesse. Les spectateurs retinrent leur souffle. Le jeune chevalier était si léger, face à son gigantesque rival, qu'il semblait voué à une mort certaine.

Quand Hunter fut presque à sa hauteur, Hugo pressa brusquement les flancs de son cheval. Aussitôt, Ardent se cabra et s'élança avec furie. Hugo se dressa sur ses étriers, puis, au dernier moment, il se coucha sur le cou de l'animal. La lance de Hunter lui frôla le dos. Ardent continua de galoper. Il atteignit le bout de la barrière, comme le règlement l'exigeait, fit demi-tour et repartit vers son adversaire. Cette fois-ci, les rôles étaient inversés : Hugo était lancé à un galop d'enfer, tandis que Hunter prenait tout juste son élan.

L'Anglais abaissa son bouclier pour parer le coup tout en relevant sa lance. Hugo détourna l'arme de son adversaire et poussa sur sa lance. Celle-ci glissa sur le haut de la cuirasse de Hunter, arracha les sangles du heaume et l'atteignit à la gorge. L'Anglais lâcha son arme et son bouclier. Il porta les mains à son cou, puis il s'effondra lourdement sur le sol.

Ce fut au tour des blancs de crier victoire.

Revenu auprès des siens, Hugo jeta sa lance à Ancelin, détacha son heaume et descendit de cheval.

– Grâce à toi, notre honneur est sauf ! s'écria Polignac en le serrant chaleureusement dans ses bras.
– Pas tout à fait, dit frère Louis en montrant les deux bannières vertes flottant au-dessus d'une bannière blanche devant la loge royale.
– C'est exact, reconnut Hugo en souriant.
– Ne t'avise pas de défier Monclar, il te tuera ! dit Polignac.
– C'est ce que nous verrons ! répliqua Hugo.
Il fit signe à Ancelin. Celui-ci l'aida à se remettre en selle, puis il lui tendit sa lance.
Hugo s'avança, tête nue, vers la tribune de la reine. Ses partisans l'acclamèrent au passage, et il les salua fièrement.
Aliénor lui sourit.
– Un bel exploit, Messire chevalier, reconnut-elle. Hunter est un redoutable jouteur, l'un des meilleurs d'Angleterre.
Hugo chercha des yeux Jeanne de Richebourg. La jeune fille lui adressa un signe d'amitié auquel il ne répondit pas.
– Voilà que le tournoi s'achève, dit la reine. Ainsi, notre parti l'emporte par deux victoires à une.
Hugo secoua la tête.
– Je ne crois pas, Votre Grâce, dit-il.
La reine fronça les sourcils et regarda le héraut d'armes qui arbitrait le tournoi. Celui-ci s'avança vers Hugo.
– Que voulez-vous, Messire ? demanda-t-il.

Hugo inclina sa lance. Il heurta l'écu de Monclar, suspendu au mât au sommet duquel flottait l'une des bannières vertes. Le coup fut si rude que l'écu tomba à terre.

Dans le silence qui s'ensuivit, le héraut proclama :

– Le défi est lancé !

– Vous êtes courageux, mais bien imprudent, jeune homme, lança la reine. Sachez que Monclar n'a jamais été vaincu.

– Il y a un commencement à tout, Votre Grâce, répliqua Hugo en s'inclinant.

Lorsque le jeune chevalier se fut éloigné, le sourire de la reine s'effaça. Elle murmura :

– J'espère que Monclar fera mordre la poussière à cet insolent !

Quelques instants plus tard, Hugo et Monclar s'élancèrent avec fureur l'un contre l'autre. L'Aquitain était un superbe cavalier; bien ancré dans sa selle, il se protégeait adroitement avec son bouclier.

« Impossible de ruser avec lui comme avec Hunter », se dit Hugo. Il décida de supporter le choc, et cala solidement sa lance sous son bras. Monclar écarta la sienne d'un geste négligent.

Hugo releva son bouclier. Il sentit qu'Ardent faisait un écart. La lance de Monclar heurta le côté de son heaume. En même temps, un choc formidable souleva Hugo de sa selle.

13

À moitié assommé, Hugo retomba sur sa selle. Il lâcha son arme et s'accrocha à la crinière de son cheval.
Ardent s'était arrêté. Il tourna la tête vers son maître, comme s'il voulait l'encourager.
« Monclar ! songea Hugo avec angoisse. Il va frapper à nouveau, et je suis désarmé ! » Il se redressa. Devant lui, la plaine était vide. Derrière, un cheval sans cavalier ruait. Monclar était à terre, inanimé. Les valets couraient vers lui. Hugo comprit que sa lance avait touché Monclar de plein fouet, ce qui avait provoqué le choc. Une vague de bonheur envahit Hugo : « Je suis vainqueur ! »
Ardent regagna le camp de l'Église en redressant la tête avec orgueil.
Une vingtaine de chevaliers, ivres de joie, descendirent Hugo de cheval et le portèrent en triomphe. On tenta de lui retirer son heaume, mais celui-ci était en partie écrasé. Une douleur insupportable

traversa le crâne du jeune chevalier. Avant de s'évanouir, il aperçut Ancelin qui pleurait de bonheur.

Lorsqu'il reprit connaissance, il était couché à l'intérieur d'une tente. Frère Louis, l'évêque de Clermont, Polignac et Ancelin se penchaient sur lui.

– Notre champion revient à lui, constata frère Louis en souriant.

– La reine..., balbutia Hugo.

– Elle nous attend, dit frère Louis. Mais, avant de te laisser savourer ton triomphe, il nous fallait te refaire une beauté.

Hugo porta la main à son crâne. Un forgeron avait découpé son heaume pour le libérer. Ancelin lui avait retiré sa cuirasse.

– Je me sens tout léger, dit-il.

Il tenta de se redresser. Mille étoiles dansèrent devant ses yeux.

– Trop léger, dit Polignac en riant. Bois ceci !

Hugo prit la coupe qu'on lui tendait. La boisson avait un goût de miel.

Au bout de quelques instants, il se sentit mieux. Il se leva, enfila une tunique neuve et sortit de la tente.

Il fut accueilli par un soleil éblouissant et une énorme clameur.

Escorté de frère Louis, il s'avança vers la tribune royale d'un pas un peu hésitant.

– Tiens-toi droit ! souffla le moine, impitoyable.

Pour Hugo, il s'agissait plutôt de ne pas s'évanouir.
Il leva les yeux vers les deux bannières blanches hissées à présent au-dessus des tribunes.
– Tu contemples les signes de ta victoire ? demanda la reine.
Le sourire d'Aliénor n'était pas moqueur. Hugo y lut même une sincère admiration. Il posa un genou à terre.
– Votre Grâce, dit-il, cette victoire, je vous la dédie.
– Flatterie ! grommela frère Louis.
Aliénor inclina la tête.
– Je l'accepte, dit-elle. Je pourrais ordonner un troisième combat, puisque Montserrat n'a pas été vaincu. Mais, en terrassant Monclar, tu as fait la preuve de ta valeur.
– Dieu était avec moi, dit Hugo.
– C'est mieux ! commenta frère Louis à mi-voix.
Aliénor sourit avec indulgence.
– J'approuverai donc les décisions des évêques. Que la paix règne désormais sur l'Auvergne. Quant à vous, Messire chevalier, si vous êtes en quête de gloire, venez me rejoindre en Angleterre. En combattant pour moi, vous deviendriez un jour l'un des seigneurs de mon royaume.
– Je remercie Votre Grâce, dit Hugo en rougissant.
La reine fit signe à Jeanne de Richebourg, qui se leva et descendit vers lui. Elle était très pâle et le

regardait intensément. Arrivée devant lui, elle dit d'une voix émue :
– Messire, voici le prix de votre victoire.
Hugo se releva et saisit le petit coffret qu'elle lui présentait. Il l'ouvrit.
Le coffret était rempli d'écus.
« Toujours son maudit argent ! » pensa-t-il avec rage. D'un geste sec, il referma la boîte et la remit à frère Louis.
– Pour vos pauvres ! dit-il.
Sans accorder un regard à la princesse, à présent rouge de honte, Hugo salua la reine et regagna son camp.

Pendant les semaines qui suivirent, le jeune chevalier parcourut l'Auvergne, fêtant son triomphe de ville en ville pour tenter d'oublier le beau visage de Jeanne qui ne cessait pas de hanter ses rêves. Il fut l'hôte de l'évêque de Clermont, puis du prince de Polignac, de Pierrefort et de l'évêque d'Aurillac. Lorsqu'il revint à l'abbaye Saint-Étienne-des-Forêts, un mois entier s'était écoulé.
Après l'avoir serré dans ses bras, frère Louis lui demanda avec sévérité :
– Où étais-tu passé ?
– Je rendais visite à nos compagnons, répondit Hugo, surpris par cet accueil de son parrain. Pierrefort est toujours paralysé, ajouta-t-il.
– Tu n'as pas voyagé si longtemps pour rendre visite aux infirmes, objecta le moine d'un ton bourru.

– J'ai voulu revoir mes compagnons, dit Hugo.
– Et faire la fête !
– Quel mal y a-t-il à ça ? s'emporta Hugo. N'ai-je pas servi l'Église ?
– L'Église, elle aussi, t'a rendu service. Maintenant, te voilà devenu l'un de ces emplumés qui font les paons devant les dames ! gronda le moine.
« C'est donc ça qui le rend si sévère ! » pensa Hugo.
Frère Louis avait dû entendre parler d'un certain tournoi auquel Hugo avait participé chez Polignac.
– La courtoisie m'interdisait de refuser, plaida-t-il.
– La courtoisie ! grommela le prieur. À propos, une jeune femme est ici. Elle t'attend depuis hier.
– Une jeune femme ? balbutia Hugo.
Il crut que c'était Jeanne, et son cœur se mit à battre follement.
En entrant dans le logis des pèlerins, où elle l'attendait, il sentit ses jambes trembler. Cependant, ce n'était pas Jeanne, mais Nicole. Il en fut à la fois soulagé et déçu.
– Que veux-tu ? demanda-t-il avec rancune.
– Jeanne a été enlevée ! s'écria Nicole en éclatant en sanglots.
Hugo la regarda d'un air froid. Puis, lorsqu'elle se fut calmée, il sourit :
– Tu espères vraiment que je vais te croire ?

Nicole se tordit les mains dans un geste de désespoir :
– C'est vrai ! Je vous le jure !
Hugo leva les yeux au ciel :
– J'ai déjà eu trois fois droit à cette comédie !
– Origal l'a enlevée et l'a conduite à Richebourg. Si vous ne m'aidez pas à la libérer, le prince la tuera. Je me suis échappée par miracle. Aidez-moi, par pitié, je n'ai que vous !
– Elle dit peut-être la vérité, intervint Ancelin, qui avait rejoint Hugo.
– Oui, il faut me croire ! Le temps presse ! gémit Nicole en saisissant la main de l'écuyer.
– Alors, selon toi, Origal aurait enlevé ta maîtresse au beau milieu de l'armée royale ! répliqua Hugo d'un ton ironique.
Nicole essuya ses larmes.
– La reine a regagné l'Angleterre, dit-elle. Jeanne et moi, nous faisions route vers l'Aquitaine. Origal nous guettait.
– Quand l'enlèvement a-t-il eu lieu ? demanda Hugo.
– Il y a six jours. Dès que j'ai pu m'échapper, je suis venue.
– Pourquoi n'es-tu pas allée trouver ce Monclar qui était son champion au tournoi ?
– Messire de Monclar est blessé, répliqua Nicole.
– Il y a d'autres Aquitains ! grogna Hugo.
– Oui, mais vous, vous l'aimez !
Hugo fit la grimace :

– J’aurais préféré entendre : « Mais c’est vous qu’elle aime. »
– Elle vous aime aussi, murmura Nicole.
– Inutile de mentir ! coupa Hugo avec amertume.
– Alors, vous refusez ? se lamenta la jeune femme.
Hugo se tourna vers Ancelin :
– Nous partirons demain, à l’aube !

14

Deux jours plus tard, Hugo et Ancelin arrivèrent à Richebourg.

Le château du prince, hérissé de tours et ceint de murs crénelés, s'élevait sur un rocher rouge. La forteresse était de la même couleur, ainsi que la cité construite au pied du rocher. Un torrent, jaillissant d'une gorge rocheuse, cernait Richebourg d'une eau sombre et tumultueuse.

– Cette ville est bien sinistre, dit Ancelin en frissonnant.

– En tout cas, cela ne décourage pas les visiteurs, lui fit remarquer Hugo.

En effet, plusieurs caravanes de marchands entraient dans la cité. Les gardes, qui veillaient aux portes des remparts, les regardaient passer d'un air indifférent.

– J'ignorais qu'il serait aussi facile de pénétrer à Richebourg, dit Hugo en suivant la foule.

– Attends un peu ! La ville n'est pas le château,

grommela Ancelin. Ce ne sera pas aussi facile de pénétrer dans ce nid d'aigles, là-haut ! Et encore moins d'en sortir...

– C'est vrai ! En attendant, essayons d'apprendre où se trouve Jeanne.

Dans les ruelles de la cité, on voyait toutes sortes d'échoppes. Certaines regorgeaient de produits orientaux : soies, cuirs, épices, bijoux, armes ciselées.

– Voilà d'où le prince tire sa fameuse fortune, observa Ancelin. Il commerce avec l'Orient.

– Il ne fait pas que cela ! dit Hugo. Il pratique aussi le pillage et la piraterie.

Ils atteignirent bientôt un grand bâtiment orné d'une croix. C'était un hospice ouvert aux pèlerins.

– On dort ici ? suggéra Ancelin.

– Non, dit Hugo. Ce n'est pas là qu'on obtiendra des renseignements. Tous ces pèlerins sont des étrangers. Il nous faut une auberge.

Ils trouvèrent rapidement ce qu'ils cherchaient : une auberge dont l'enseigne, surmontée d'une couronne d'or, portait orgueilleusement le nom « Au Prince d'Orient ». Ils entrèrent. Le patron était un personnage étrange : grand, maigre, bruni par le soleil. Ses cheveux noirs lui tombaient jusqu'au milieu du dos. Dans ses yeux verts brillait une lueur inquiétante.

– Hélas, Messires, toutes nos chambres sont occupées, s'excusa-t-il en s'inclinant, une main

sur le cœur, à la manière des musulmans.
Ancelin vida sur une table le contenu de la bourse que leur avait laissée Jeanne. Au lieu de saisir une poignée d'écus, comme l'auraient fait tous les hôteliers d'Auvergne, l'aubergiste dévisagea Hugo de ses yeux de chat. Puis il prit une pièce, une seule.
La chambre où il conduisit Hugo et Ancelin était confortable.
– Tout ça ne me dit rien qui vaille, grinça Ancelin après le départ de l'hôtelier. Cet homme ne m'inspire pas confiance. Je n'ai pas envie de me réveiller avec son couteau sous la gorge.
– Nous verrons bien, dit Hugo.
Lorsqu'il gagna la salle commune pour le souper, il s'était muni de son poignard. La pièce était vaste, ses douze tables étaient occupées par des marchands et des soldats en tunique noire ornée d'une épée d'argent.
– Les hommes de Richebourg ! grogna Ancelin. Méfions-nous ! L'un de ces pillards risque de nous reconnaître.
Il fut soulagé lorsque l'hôtelier les conduisit vers une table isolée, installée derrière trois piliers de bois. De là, ils purent observer les clients. Les soldats buvaient beaucoup et discutaient bruyamment. Les marchands, plus discrets, conversaient à voix basse. Certains avaient le teint très mat et portaient des turbans, comme les musulmans. Des valets circulaient de table en table avec des pichets de vin,

des pains ronds et des plats de gibier. Lorsqu'ils s'avancèrent vers les deux adolescents, l'hôtelier les congédia. Il servit lui-même Hugo et son écuyer. Tandis qu'Ancelin reniflait son vin avec méfiance, pensant qu'on voulait l'empoisonner, Hugo leva son gobelet d'étain.

– Merci de veiller sur nous, dit-il.

– Il est naturel de faire honneur aux étrangers, lui répondit l'hôtelier.

– Ceux-là sont plus étrangers que nous, fit remarquer Hugo en montrant les marchands musulmans.

L'hôtelier secoua la tête :

– Ce sont des familiers de Richebourg. Ils viennent ici deux fois par an ; ils ont la protection du prince. Tandis que vous, c'est votre première visite, n'est-ce pas ?

En disant cela, il scrutait Hugo de ses yeux verts comme pour percer son secret. La main d'Ancelin se crispa sur son poignard. Hugo se força à sourire.

– Le prince a la réputation de quelqu'un qui aime le luxe, dit-il. Quant à la princesse, on dit que c'est l'une des plus belles femmes des deux royaumes.

– L'une des plus belles et des moins fidèles, murmura l'hôtelier d'un ton confidentiel. Elle a trompé son époux. Celui-ci l'a jetée dans un cachot. On prétend qu'il la fera fouetter en public et marquer du signe d'infamie pour la punir.

Les yeux de l'hôtelier fixaient intensément ceux de Hugo.

– Un châtiment bien dur, constata le chevalier en serrant les poings. Votre maître est cruel !
– Et très méfiant à l'égard des étrangers, ajouta l'hôtelier en réprimant un sourire.
Hugo perçut une menace dans ce dernier propos. Il prit un air détaché :
– Il n'a pourtant rien à craindre. Son château me paraît solide.
– Solide et bien gardé, approuva l'hôtelier. Surtout en ce moment. Le prince réunit ses vassaux. Il loge des centaines de chevaliers et d'hommes d'armes venus d'un peu partout. C'est votre cas, peut-être ?
– Non, dit Hugo. Nous allons en Terre sainte.
– Des croisés ! s'exclama l'hôtelier avec une fausse admiration. Je m'en doutais. Dès que je vous ai vus, j'ai compris que vous étiez là pour une noble cause !
Le bruit d'une bagarre éclata soudain dans la salle. L'hôtelier les quitta brusquement pour rétablir l'ordre.
– J'ai l'impression qu'il nous surveille. Il doit nous soupçonner, murmura Ancelin. Il faut filer en vitesse. Cet homme n'hésitera pas à nous trahir.
– Possible, dit Hugo. Mais, si nous partons, notre conduite paraîtra suspecte.
Après avoir fini de souper, ils regagnèrent leur chambre et décidèrent de veiller à tour de rôle.
Vers onze heures du soir, la porte s'ouvrit. Hugo vit apparaître dans la pénombre le visage inquié-

tant de l'hôtelier.
L'homme écouta un moment, puis, rassuré par le silence, il s'approcha du lit où les deux adolescents étaient étendus.

15

Comme l'hôtelier se penchait sur lui, Hugo lui appuya la pointe de son poignard sur le cœur.
– Ne craignez rien, dit l'homme.
– C'est plutôt à toi d'avoir peur, riposta Hugo.
– Je suis votre ami, chuchota l'hôtelier. Je sais pourquoi vous êtes à Richebourg, et je veux vous aider.
– Pour mes beaux yeux, sans doute, grogna Ancelin, tiré du sommeil.
Il empoigna l'homme et le renversa sur le lit.
– Mon frère est prisonnier du prince, chuchota l'hôtelier. Si on ne le libère pas, il sera pendu. Vous venez pour la princesse, n'est-ce pas ? Je vous aiderai à la rejoindre. En échange, vous sauverez mon frère.
– Qu'est-ce qui me prouve que tu n'es pas en train de nous tendre un piège ? demanda Hugo.
– Je n'avais qu'un mot à dire, en bas, et les gardes du prince vous auraient arrêtés.

– C’est vrai, admit Hugo. Sais-tu où se trouve le cachot de la princesse ?
Ancelin relâcha l’hôtelier et alluma la chandelle.
– Voici le plan des prisons, dit-il en tirant de sa chemise un parchemin. Mais cela ne suffit pas. Jérémie, le fils de mon frère, vous guidera.
Comme il prononçait son nom, un gaillard un peu balourd pénétra dans la chambre.
– Il connaît les lieux, il s’est longtemps occupé des chevaux du prince, expliqua l’hôtelier. Et s’il faut parler, il s’en chargera. Votre accent auvergnat vous trahirait.
– Nos habits aussi, fit remarquer Hugo.
– Pour ça, j’ai ce qu’il vous faut, dit l’hôtelier avec un pâle sourire. Venez !
Dans une chambre voisine étaient endormis trois sergents vêtus de bleu.
– Ils sont bourrés de vin et d’amonis, une drogue, expliqua-t-il. Ils dormiront durant deux jours. En se réveillant, ils ne sauront pas ce qui se sera passé. Prenez leurs vêtements et leurs armes. Avec ça, vous pourrez entrer au château.
– Les gardes reconnaîtront nos tuniques, pas nos têtes, objecta Ancelin.
L’hôtelier haussa les épaules :
– Je vous l’ai dit : le prince a rassemblé ses vassaux. Des centaines d’hommes arrivent depuis deux jours, vêtus de bleu, de rouge, de vert. La plupart d’entre eux sont inconnus ici. Avec ces tuniques, vous passerez inaperçus.

– Admettons, dit Hugo. Mais comment sortirons-nous du château avec la princesse ?

– Bonne question ! admit l'hôtelier. Il faudra plonger dans le torrent. Vous savez nager, j'espère ?

– Pas très bien, grogna Ancelin, qui détestait l'eau.

L'hôtelier déplia son parchemin et montra un point situé sous le château.

– Là, il y a une porte de fer et, derrière, un rocher qui surplombe l'eau, expliqua-t-il. C'est de là qu'on jette les corps des prisonniers.

– Le rocher de l'Enfer ! murmura Jérémie en frissonnant.

– Il n'y a pas d'autre moyen pour sortir ? demanda Hugo.

L'hôtelier secoua la tête :

– C'est le seul. Quand vous aurez plongé, le courant vous portera jusqu'ici. Le torrent amorce une courbe ; les corps des condamnés s'échouent toujours à cet endroit. Vous aborderez là-bas. Je possède une ferme tout près de la rive. Jérémie et Luc, son frère, vous y conduiront. J'amènerai vos chevaux. Ils seront prêts à partir. Quand les hommes de Richebourg auront découvert l'évasion de la princesse et de mon frère, vous serez déjà loin. Moi, j'aurai regagné l'auberge.

– Vous avez tout prévu, constata Hugo.

– Tout prévu pour l'enfer ! grommela Ancelin.

Une heure plus tard, Hugo, Ancelin et Jérémie, vêtus de la cotte bleue des soldats qu'ils avaient dépouillés, arrivèrent sur l'esplanade du château. La nuit était avancée. Çà et là, des feux étaient allumés. Autour de chacun, des hommes d'armes bavardaient, d'autres ronflaient, allongés à même le sol. Le long d'une barrière de bois étaient attachés une longue file de chevaux.
Hugo et ses compagnons parvinrent sans difficulté à la grille du château. Jérémie salua les gardes de Richebourg.
– Où allez-vous ? demanda l'un d'eux.
– Au ravitaillement, répondit Jérémie en simulant le geste de boire d'un air comique.
– Bande d'ivrognes ! grommela le garde.
Il se détourna avec mépris et les trois hommes en bleu purent pénétrer dans la cour. Le prétexte de Jérémie était habile, car la cave était proche des prisons. Ils descendirent un escalier de pierre et s'arrêtèrent devant une porte de chêne bardée de fer. Jérémie cogna du poing. L'homme qui entrouvrit la porte était plus impressionnant que le garde.
– Qu'est-ce que tu viens faire ici ? rugit-il.
– Chercher du vin, dit Jérémie en riant.
– Je te connais ? demanda l'homme, soupçonneux.
– Bien sûr, l'ami, je suis venu tantôt, mentit Jérémie. Mais j'ai tout bu.
– Et ceux-là ?
– Ils vont m'aider à porter le tonneau.

– C'est bon, allez-y ! grogna l'homme.
Il ouvrit la porte, dévoilant son corps énorme et velu.
– Il ne lui manque qu'un anneau dans le nez pour ressembler à un ours, grogna Ancelin.
Hugo, lui, regardait le trousseau de clés pendu à la ceinture du geôlier. L'une de ces clés devait ouvrir la prison de Jeanne. Il se préparait à attaquer lorsque deux gardiens survinrent. Ils étaient robustes, eux aussi, et armés jusqu'aux dents.
– Accompagnez ces ivrognes ! ordonna le geôlier.
– Dépêchez-vous ! aboya l'un des gardiens.
Il précéda les trois adolescents. Son compagnon venait derrière. Le couloir s'enfonçait dans la roche. Quelques torches éclairaient des murs ruisselants d'humidité.
– Pas de chance ! murmura Jérémie.
– Au contraire, dit Hugo sur le même ton.
D'un signe de tête, il désigna à Ancelin le garde qui les guidait et tira lentement son épée. Lorsque la lame fut à nu, il se retourna et frappa à la gorge le deuxième garde, qui s'effondra dans un vacarme de métal. En se retournant, Hugo vit qu'Ancelin avait terrassé son adversaire.
– Le geôlier ! Il a dû vous entendre ! s'affola Jérémie.
– Qu'il vienne, dit Hugo. Nous avons besoin de ses clés.
Au bout de quelques instants, ils entendirent un pas lourd résonner dans le couloir.

– C’est lui ! chuchota Ancelin.
Hugo arracha une torche et l’éteignit contre le mur. Une partie du souterrain fut plongée dans la pénombre. Le geôlier ralentit sa course et gronda :
– Robin ? Aymar ?
N’obtenant aucune réponse, l’homme se mit à jurer. Soudain, il poussa un hurlement. L’épée d’Ancelin lui avait entaillé les mollets. L’écuyer crut que la brute allait s’effondrer. Mais c’était sous-estimer sa robustesse. Une hache s’abattit sur l’écuyer, lui frôlant le visage et faisant éclater la roche.
– Attention ! L’ours est armé ! cria-t-il.
Hugo attaqua à son tour. Il enfonça sa lame dans l’épaule du géant, qui lâcha son arme.
– Rends-toi ! exigea Hugo.
Au lieu d’obéir, le geôlier chargea. Il empoigna Jérémie, le souleva de terre et le projeta contre le mur. Puis il s’agenouilla et tâtonna à la recherche de sa hache. Un grognement de plaisir signala qu’il l’avait trouvée. Il se relevait lorsque Hugo frappa de nouveau. Cette fois, l’homme s’écroula sans un cri.
– Tu l’as eu ? demanda Ancelin.
– Je crois, dit Hugo. Va chercher une torche.
Lorsque la lumière éclaira le champ de bataille, ils découvrirent que l’homme était mort, la nuque brisée. Jérémie se relevait en gémissant.
Ils tirèrent le geôlier et les deux gardes évanouis dans une cave, où ils les enfermèrent.

– Ramassez les armes, vite ! Dépêchons-nous ! s'écria Hugo.
Jérémie les guida en titubant jusqu'à un escalier. Les marches paraissaient s'enfoncer sans fin, en tournant, dans les entrailles de la terre.
– Ma tête ! gémit soudain Jérémie. J'ai mal ! Je n'y vois plus !
Il s'affaissa. Hugo et Ancelin approchèrent des torches de son visage, mais le pauvre garçon ne percevait plus la lumière : le terrible choc contre le mur l'avait ébranlé.
– Je suis aveugle ! sanglota-t-il.
– Courage ! dit Hugo. Pense à ton père. Sans toi, il va mourir.
– C'est le noir ! Je ne sais même plus où on est, se lamenta Jérémie.
– Au bas des marches, répondit Hugo. Le souterrain continue. J'aperçois aussi un couloir à droite.
– Il faut continuer tout droit, dit faiblement l'aveugle.
Hugo et Ancelin le relevèrent et l'aidèrent à marcher.
– Il y a des portes basses marquées d'une croix en fer.
– C'est là, ce sont les cachots, dit Jérémie en frissonnant.
Confiant l'aveugle à Ancelin, Hugo examina le trousseau de clés arraché au geôlier. Soudain, un homme se dressa devant lui. Instinctivement, Hugo saisit son épée. Mais le nouveau venu sem-

blait inoffensif. Il était vieux et désarmé. Ses cheveux blancs tombaient sur son visage décharné. Il tendit ses mains aux ongles longs comme des griffes et s'inclina.

– Monseigneur, murmura-t-il. Je veille.

– C'est bien, dit Hugo.

Il lui tendit les clés.

– Conduis-moi à la princesse, ordonna-t-il.

Le vieil homme saisit le trousseau et, après s'être incliné à nouveau, il s'engagea dans le couloir.

– Pauvre homme ! On dirait une bête apprivoisée, murmura Hugo.

– C'est le vieil Edmond, expliqua Jérémie. À force de vivre sous terre, il a perdu la raison.

Edmond fit grincer la serrure de fer. Dès qu'il eut ouvert la porte, Hugo le repoussa pour éclairer la pièce de sa torche. Au fond du caveau, il distingua une forme claire, enchaînée au mur.

– Jeanne ! s'écria Hugo.

– C'est vous ! balbutia la princesse dans un sanglot.

Hugo contempla avec pitié sa robe blanche maculée de boue, son visage gonflé de pleurs, ses poignets ensanglantés.

– Enlève-lui ses chaînes ! ordonna-t-il à Edmond.

– Oui, Monseigneur, dit le vieil homme.

Il disparut et revint aussitôt avec un marteau et une pointe de fer. Des coups résonnèrent dans le souterrain.

– Patience ! dit Hugo à Jeanne.

La jeune princesse pleurait en silence.

Soudain, Ancelin fit irruption dans la prison, l'air affolé :
– On vient ! Toute une troupe.
– Ne me laissez pas ! supplia Jeanne, les yeux agrandis par la terreur.
– Courage ! dit Hugo. Nous n'allons pas vous abandonner. Nous serons là, tout à côté.
Il se précipita dans le souterrain, suivi d'Ancelin. Ils saisirent Jérémie sous les bras et l'entraînèrent dans le couloir obscur qu'ils avaient aperçu en passant.
Quelques instants plus tard, une dizaine de soldats passèrent devant eux. Le vieil Edmond continuait à taper comme un sourd sur les chaînes de la princesse.
– Que se passe-t-il ici ? gronda une voix féroce.
– Le prince ! C'est le prince ! balbutia Jérémie. Nous sommes perdus !

16

Les coups de marteau cessèrent.
– Que fais-tu, animal ? cria le prince d'une voix impérieuse.
– J'obéis aux ordres, répondit Edmond.
– C'est vous, Madame, qui avez ourdi ce complot ? reprit le mari cruel. Inutile d'essayer de fuir : cette fois-ci, vous ne m'échapperez pas. Vous subirez votre châtiment. Demain, le bourreau marquera votre front du signe honteux des épouses infidèles.
– Monstre ! s'écria Jeanne. Si vous osez lever la main sur moi, la reine, ma marraine, me vengera.
– Qu'elle vienne, votre Aliénor, je l'attends ! grinça le prince. Qu'avez-vous fait de la rançon ?
– Allez demander ça à la reine ! dit Jeanne.
– Le bourreau saura bien vous faire parler ! ricana le prince. En attendant, qu'on lui remette ses chaînes ! Où est le geôlier ? Où sont les gardes ?
– Je l'ignore, Monseigneur, répondit Edmond.

– Vieux fou ! gronda le prince. Vous deux, surveillez les prisonniers. Les autres, avec moi. Il faut retrouver ce geôlier de malheur.
Les hommes d'armes passèrent devant le couloir obscur où se cachaient Hugo et ses compagnons. Le jeune chevalier eut le temps de voir le prince. C'était un homme au visage de pierre et à l'allure orgueilleuse.
– Monseigneur, cette histoire ne me plaît pas, déclara un des soldats.
Hugo reconnut la voix d'Origal.
– Que veux-tu dire ? demanda le prince.
– Quelqu'un a certainement ordonné à Edmond de délivrer votre épouse.
Le reste de la conversation se perdit au loin dans le souterrain. Hugo murmura :
– Il faut agir sans tarder.
Laissant Jérémie dans le couloir, ils s'avancèrent silencieusement vers la cellule de Jeanne. Les gardes, occupés à river les chaînes de la jeune princesse, ne les virent pas approcher. Hugo comptait sur la surprise pour désarmer les deux hommes. Mais, en l'apercevant, Edmond s'écria :
– Ah ! Monseigneur !
Les gardes se retournèrent, croyant avoir affaire au prince. Les épées de Hugo et d'Ancelin s'abattirent sur eux. Les deux hommes tombèrent, foudroyés.
– Va ouvrir les cachots et distribue les armes aux prisonniers, ordonna Hugo à Ancelin.

– Vite ! supplia Jeanne. Ils vont revenir.
Edmond s'acharna sur les chaînes, qui sautèrent enfin. Libérée, Jeanne se précipita dans les bras de Hugo. Ses jambes tremblaient si fort qu'elle avait du mal à rester debout. Hugo la soutint et l'aida à gagner le souterrain.
Là, cinq hommes barbus et vêtus de haillons attendaient : c'étaient les prisonniers.
– C'est tout ? demanda Hugo.
– Les autres sont morts, dit le plus grand d'une voix sombre.
– Lequel d'entre vous est Luc ? questionna Hugo.
– Moi, dit l'homme.
– Votre fils est ici.
– Jérémie ?
– Il est blessé, dit Hugo.
Ayant fait signe à Ancelin d'aller chercher le garçon, il s'adressa aux autres :
– Le temps presse. Il faut nous enfuir. Nous allons sauter du rocher.
– Le rocher de l'Enfer ? s'exclama Luc en ouvrant des yeux terrifiés.
– C'est le seul moyen, dit Hugo. À moins que tu en connaisses un autre ?
– Plonger du rocher, c'est la mort, dit Luc en secouant la tête.
– Être pendu aussi, grogna Ancelin en poussant Jérémie vers son père.
– Moi, je ne veux pas mourir noyé, protesta l'un des prisonniers.

– Ni moi, rugit un autre.

– Comme vous voudrez, dit Hugo. Vous avez des armes, vous pouvez tenter une sortie ou retourner dans vos cachots. Le prince se montrera peut-être indulgent à votre égard.

– Indulgent ! s'écria Jeanne. Cet homme est le mal incarné. Moi, je sauterai du rocher. Plutôt la mort que la torture !

– Allons-y ! décida Luc en entraînant Jérémie. Je n'abandonnerai pas mon garçon aux mains de ces brutes.

Il les précéda le long du couloir qui leur avait servi de refuge. Au bout de celui-ci, ils se heurtèrent à une porte de fer. Luc se retourna et demanda :

– Si nous en réchappons, où irons-nous ?

– À la courbe du torrent, puis à la ferme, chez votre frère.

Un pâle sourire éclaira le visage du prisonnier.

– Mon frère, murmura-t-il.

À cet instant, le vieil Edmond accourut en trébuchant.

– Monseigneur ! Monseigneur ! s'écria-t-il en agitant son trousseau de clés.

Il introduisit la plus grosse d'entre elles dans la serrure. La porte de fer s'ouvrit et les fugitifs découvrirent une plate-forme rocheuse. Dix mètres en dessous, le remous grondait. La lumière du petit jour révélait des eaux noires et tumultueuses.

– C'est trop haut, grogna Ancelin.

– Beaucoup trop, dit l'un des prisonniers. C'est de la folie.
– Je sauterai d'abord avec la princesse, décida Hugo. Ne lâchez pas ma main, Jeanne. Et surtout, pas un cri. Inutile d'alerter les gardes.
– Laisse ton arme, conseilla Luc.
– Jamais, répliqua Hugo.
– Je saute après toi, dit Ancelin.
Luc prit son fils par la main :
– Ensuite, ce sera à nous, Jérémie.
– Je ne pourrai pas, gémit le garçon.
– Tu es bon nageur, je t'aiderai, dit Luc.
Hugo et Jeanne prirent de l'élan et s'élancèrent dans le vide. Leur chute sembla durer une éternité. Puis ce fut le choc contre l'eau glacée. Quand ils refirent surface, Hugo respira l'air goulûment. Il n'avait pas lâché la main de Jeanne. Il tira sa tête hors de l'eau. Ses longs cheveux étaient collés à son visage, aussi livide que celui d'une morte.
L'eau les emportait déjà à une allure effrayante. Hugo lutta de toutes ses forces pour maintenir la tête de Jeanne à la surface. Son corps était gelé, les poumons lui brûlaient.
Le flot se calma enfin, le courant s'assagit. Hugo aperçut le rivage auquel étaient amarrées deux barques. Il prit pied et porta Jeanne jusqu'au pré, où il la coucha sur l'herbe. Comme la jeune femme ne bougeait plus, il lui frotta vigoureusement les bras et les jambes. Au bout d'un moment, elle laissa échapper un long soupir et ouvrit les yeux.

– Nous sommes sauvés, dit Hugo.
Elle se mit à trembler violemment.
– Aidez-moi ! cria alors une voix désespérée.
Hugo vit Luc, à bout de forces, tirant Jérémie par les bras. Sans hésiter, le jeune chevalier se jeta à l'eau et aida le fugitif à amener son fils sur la rive.
– Il faut rejoindre mon frère, dit Luc.
Hugo secoua la tête :
– Attendons Ancelin !
– Hélas ! murmura Luc, j'ai vu le pauvre garçon s'écraser sur les rochers !

17

En apprenant la mort affreuse de son frère de lait, Hugo crut que son cœur allait se briser. Son fidèle compagnon n'était plus. Cette pensée le révolta. « Jamais je n'aurais dû l'entraîner dans cette folle aventure ! » se maudit-il. Des larmes se mêlèrent sur son visage à l'eau du torrent.
– Il faut réchauffer ces deux enfants, sinon ils vont mourir, dit Luc.
Hugo hocha la tête. Il souleva Jeanne dans ses bras. Luc fit de même avec Jérémie. C'était un homme robuste, et sa brève captivité ne l'avait pas affaibli. Avec leurs précieux fardeaux, ils traversèrent une forêt et arrivèrent bientôt à une ferme cachée au fond d'un vallon.
L'aubergiste les guettait en compagnie d'un valet à l'air farouche.
– Vous avez réussi ! s'écria-t-il.
Soudain, il aperçut Jérémie, inanimé, dans les bras de son père.

– Qu'est-il arrivé ? s'exclama-t-il.
– Le petit est aveugle, dit Luc.
– Et mon écuyer est mort, ajouta Hugo.
– Malheur ! s'écria l'aubergiste. Mais vous avez réussi ! Mon frère est sauvé. Et la princesse aussi !
Il les conduisit devant une cheminée où flambait un grand feu. Ils se réchauffèrent. Jeanne retrouva ses esprits. L'aubergiste leur apporta des vêtements secs et leur servit un vin fort et sucré.
– Vos chevaux vous attendent, dit-il. Dès que vous aurez repris des forces, il faudra partir. Le prince a sûrement lancé son armée à vos trousses.
Comme il disait ces mots, des trompettes retentirent du côté du château et des coups violents ébranlèrent la porte.
– Déjà ? balbutia l'aubergiste avec effroi.
Le danger sortit Hugo de sa torpeur. Il tira son épée, décidé à faire payer à Richebourg la mort d'Ancelin. Luc, le valet et l'aubergiste s'armèrent à leur tour.
Les coups redoublèrent.
– Ouvrez la porte ! commanda Hugo.
Le valet obéit. Hugo bondit et s'arrêta tout net : devant lui se dressait Ancelin, boueux, échevelé et sanglant.
– Je jure de ne plus boire d'eau jusqu'à ma mort ! grogna-t-il.
Bousculant Hugo, il se précipita sur le flacon de vin et le vida d'un trait.
– Dieu soit loué, tu es vivant ! s'écria Hugo en le

serrant dans ses bras avec émotion.
– Pas grâce à vous, grogna Ancelin. Vous avez détalé comme des lapins !
– Je t'ai cru mort, écrasé sur les rochers ! s'écria Luc.
– Il s'en est fallu de peu !
– Partez maintenant, supplia l'aubergiste. Les cavaliers de Richebourg vont arriver. Je prendrai soin de Jérémie.
– Et moi ? Personne ne prend soin de moi, maugréa Ancelin.
Il arracha ses vêtements mouillés et mit une tunique et un manteau de laine préparés par leur hôte.
– En selle ! ordonna Hugo.
Jeanne sortit d'une pièce voisine où elle avait changé d'habits. Son visage, coiffé d'un bonnet de fourrure, était ravissant. Elle était encore très pâle et marchait avec difficulté. Hugo la souleva et l'assit devant lui sur Ardent.
Ils partirent au galop. Après avoir longé le cours d'eau, ils gagnèrent la montagne. Ils chevauchaient depuis une heure environ lorsque la princesse murmura :
– Je n'en peux plus !
Hugo arrêta son cheval. Il saisit une gourde d'étain suspendue à sa selle et versa quelques gouttes de vin entre les lèvres glacées de Jeanne.
– Encore un effort, je vous en supplie ! dit-il. Il faut à tout prix atteindre l'Auvergne avant qu'ils nous aient repérés.

Il montra une longue colonne de cavaliers noirs lancés à leur poursuite au fond de la vallée. Une partie d'entre eux continua le long du cours d'eau. Les autres se dirigèrent vers le sommet.
– C'est ce que je craignais, dit Hugo. Ils se doutent que nous ne sommes pas morts noyés.
– Le cavalier au manteau noir qui vient en tête..., frémit Jeanne.
– C'est le prince en personne, dit Luc.
– Partons ! commanda Hugo.
Cette fois-ci, Jeanne ne protesta pas. La proximité du prince lui donnait le courage de continuer.
Ils ne s'arrêtèrent qu'à la nuit tombée. La lune éclairait un paysage de forêts sombres, au centre duquel une rivière dessinait une courbe argentée.
– Nous sommes en Auvergne, soupira Hugo.
– À quelques lieues du Puy, précisa Ancelin. Pourquoi ne pas continuer jusqu'à la ville ? Nous y serions en sécurité.
Hugo secoua la tête :
– À cette heure, les portes de la cité seront fermées. Et puis Jeanne est à bout de forces.
Ils s'installèrent pour la nuit dans un creux entouré d'épais buissons. Par prudence, ils attachèrent leurs chevaux un peu à l'écart de leur refuge.
Juste avant l'aube, Hugo fut tiré du sommeil par des hennissements. Ardent l'avertissait d'un danger. Hugo réveilla ses compagnons, leur fit signe de l'attendre en silence, puis il rampa vers l'endroit où ils avaient laissé leurs montures.

Celles-ci étaient toujours attachées. La forêt semblait déserte. Pourtant, Ardent et Viking manifestaient une grande nervosité.
Hugo tira son épée.
Soudain, Origal surgit de la forêt avec un cri sauvage. Avant d'avoir pu se relever, Hugo sentit plusieurs lames lui piquer le torse.
« Comment ont-ils fait ? » songea-t-il, stupéfait.
– Je t'avais bien dit qu'on se retrouverait un jour ! triompha Origal.
Hugo se débattit désespérément, mais il fut bientôt submergé par le flot des attaquants. On lui arracha son arme ; une main le saisit par les cheveux et le força à se relever, tandis qu'une lame tranchante menaçait sa gorge. Il reconnut son agresseur : c'était le prince.
Le visage de Richebourg était blanc et glacé comme celui d'une statue. Seules deux grosses veines qui battaient sur ses tempes trahissaient sa fureur.
– Où est mon épouse ? dit-il d'une voix mauvaise.
– Elle est morte, noyée dans le fleuve, répondit Hugo avec tristesse.
– Tu mens ! rugit le prince. Tu es son amant, n'est-ce pas ?
Hugo se mit à rire avec insolence :
– J'aimerais bien, ma foi !
– Pendez-le ! ordonna le prince.

18

Obéissant à leur maître, les hommes de Richebourg lancèrent une corde par-dessus la branche d'un arbre mort. Ils l'attachèrent à la selle de l'un de leurs chevaux. L'autre extrémité de la corde enserra le cou de Hugo.
– Pour la dernière fois, où est mon épouse? demanda le prince.
– Au fond de l'eau, répéta Hugo d'une voix ferme.
Le prince leva le bras. La corde se tendit.
« Pourvu que Jeanne puisse s'enfuir ! » songea Hugo. Au même moment, il entendit la voix de la princesse :
– Attendez !
Elle surgit, le visage baigné de larmes, et tomba aux genoux de son époux.
– Laissez-le ! supplia-t-elle. Il n'a rien fait.
Les yeux du prince s'éclairèrent d'une joie perfide.
– Pendez-les ensemble ! Ou plutôt non : préparez

un bûcher. C'est ainsi que doivent mourir les sorcières et leurs alliés.

Les hommes de Richebourg s'empressèrent d'exécuter les ordres. Ils abattirent un arbre mort à la hache, débitèrent les branches et élevèrent un bûcher. Jeanne et Hugo furent attachés dos à dos, et jetés sur le bois.

– Le feu ! commanda le prince.

– Pas de feu dans mes forêts ! retentit une voix moqueuse.

Un seigneur de noble allure s'avança vers les hommes de Richebourg. Ancelin et trois guerriers vêtus de cottes de mailles l'encadraient, l'épée à la main. Hugo reconnut Polignac, l'un des chevaliers aux côtés duquel il avait combattu lors du tournoi.

– Qui es-tu ? demanda le prince avec dédain.

– Arnaud, vicomte de Polignac, répondit le nouveau venu. Et toi, prince, tu es sur mes terres. Je savais que tu viendrais. Mes barons te surveillaient.

– Cette femme est mon épouse ! rugit Richebourg.

– Je reconnais bien là ta tendresse légendaire, railla le vicomte en montrant le bûcher.

– Ne te mêle pas de mes affaires ! dit Richebourg d'un ton menaçant.

Arnaud de Polignac sourit.

– Libérez la princesse et messire d'Aubepierre ! ordonna-t-il.

– Enflammez le bûcher ! gronda Richebourg.

Origal s'avança, une torche à la main. Aussitôt, l'un des barons qui accompagnaient le vicomte bondit et le foudroya d'un coup d'épée.
La brute s'écroula.
– À moi ! hurla le prince en tirant son arme.
– Inutile de crier, dit Polignac. Personne ne t'entendra. Tes hommes sont morts ou prisonniers. Crois-tu vraiment faire la loi sur mes terres ? Assassiner mes gens ? Jette ton arme !
– Jamais ! gronda le prince en levant son épée.
Deux des barons se jetèrent sur lui et le désarmèrent.
– Va-t'en ! lui ordonna fermement Arnaud de Polignac. Retourne chez toi. Ne reparais plus jamais sur mes domaines, car, la prochaine fois, je serai moins généreux.
Les barons hissèrent le prince sur son cheval et le chassèrent.
– Votre cauchemar est fini, assura Arnaud de Polignac en entraînant Jeanne et Hugo.
– Messire, vous êtes mon ange gardien, dit Hugo. Comment vous remercier ?
– Le sourire de Jeanne est la plus belle des récompenses, répondit le vicomte en s'inclinant.

19

Deux mois s'étaient écoulés depuis la fuite du prince et l'exécution d'Origal. Hugo et Arnaud de Polignac se promenaient dans un jardin aux fleurs magnifiques.

– L'Aquitaine est bien belle, soupira Hugo.

– Et les filles très jolies, ajouta Polignac en montrant six jeunes filles vêtues de blanc, assises en rond sur l'herbe.

Autour d'elles, des lys formaient une couronne pâle.

Hugo et Arnaud avaient escorté Jeanne de Richebourg jusque chez son père. Depuis huit jours, ils étaient les hôtes de celui-ci et ne se décidaient pas à partir. Les fêtes se succédaient : des bals, des promenades en bateau sur la Garonne, des banquets, des tournois.

Cependant, ce n'était pas cette vie douce et brillante qui retenait les deux hommes loin de l'Auvergne. En réalité, ils étaient tous les deux amoureux de la princesse. Elle se montrait beaucoup plus tendre à l'égard de Hugo, qui lui avait sauvé la vie. Mais le vicomte, lui, était riche et puissant. Hugo ne pouvait pas s'empêcher de penser que Polignac valait mieux à ses yeux qu'un pauvre chevalier sans fortune.

– Crois-tu que le mariage de Jeanne et du prince sera bientôt rompu ? demanda-t-il.

– Assurément ! La reine Aliénor l'a demandé au pape, et celui-ci l'a promis en raison de la cruauté de Richebourg.

– Une fois libre, elle pourra épouser l'homme qu'elle aime.

– Le tout est de savoir qui est cet homme ! dit Polignac en riant de bon cœur.

Hugo se mit à rire à son tour. Il avait beaucoup d'amitié pour le vicomte. C'était un homme franc et généreux. Certains jours, il regrettait d'être son rival.

« Jeanne serait heureuse avec un grand seigneur comme lui », songeait-il avec un brin de tristesse.

– Tiens, voici notre belle amoureuse ! s'exclama Arnaud.

La princesse, vêtue d'une robe bleu ciel, s'avançait à leur rencontre.

– Qui est ce freluquet qui tient la main de Jeanne ? grogna Polignac.

– Sa tête ne m'est pas inconnue, murmura Hugo.

À la vue des deux jeunes gens, le visage de Jeanne s'illumina :

– Mes amis, j'ai une grande nouvelle à vous annoncer. Vous connaissez Aymery de Monclar, que voici. Il se remet tout juste des blessures que vous lui avez infligées lors du tournoi en Auvergne.
Un sourire se dessina sur le beau visage de Monclar.
– Chevalier, dit-il à Hugo, je n'ai jamais rencontré un champion tel que vous. J'ai trouvé mon maître… et, grâce à vous, ma maîtresse.
Jeanne éclata de rire :
– Aymery est mon ami d'enfance. Après mon divorce et la condamnation du prince, nous nous marierons. Nous en rêvions depuis toujours. Mon père était opposé à notre mariage. Grâce à la reine, il consent maintenant à notre bonheur. Vous êtes tous les deux invités à la noce.
Arnaud de Polignac s'inclina froidement.
– Je regrette, princesse, mais je dois regagner Le Puy dès aujourd'hui et ne reviendrai pas.
– Vous, n'essayez pas de m'échapper ! Je vous garde ! s'écria Jeanne en se suspendant au bras de Hugo.
– Hélas, non ! dit Hugo avec tristesse. Je dois partir, moi aussi, et beaucoup plus loin qu'Arnaud.
Après avoir fait leurs adieux, les deux jeunes gens allèrent avertir ceux qui devaient voyager avec eux et préparer leurs bagages. Hugo avait hâte de quitter Jeanne, qui venait de le trahir une nouvelle fois.
– Nous aurions dû rester ! s'écria soudain Polignac.

Hugo le dévisagea, stupéfait :
– Pour assister à son mariage ? Tu plaisantes ?
– Je suis sérieux, dit Polignac en réprimant un sourire. À ce mariage, il y aura un tournoi.
– Et alors ?
– Et alors, tu aurais eu l'occasion de massacrer cet abominable Aymery qui nous enlève notre belle Jeanne !
Hugo se força à sourire, mais l'image de Jeanne et d'Aymery lui serrait le cœur.
Tout à coup, ils virent Ancelin s'avancer vers eux. L'écuyer, l'air ravi, enlaçait une charmanteÒ fille brune.
– Hugo, dit-il, est-ce que tu permets à Nicole de voyager avec nous ?
– Pour prendre soin des chevaux ? plaisanta Hugo.
– Pour prendre soin de moi ! rectifia Ancelin.
– Attention, Nicole, c'est un animal beaucoup plus difficile à dresser ! prévint Hugo.
– Je serai très patiente, promit la jeune femme en rougissant.
En voyant Ancelin entraîner la jeune fille, le vicomte ne put s'empêcher de soupirer :
– Décidément, les écuyers sont plus habiles que les seigneurs !
Ancelin se retourna en riant :
– En amour comme à la guerre, Messire !

FIN

Avis aux lecteurs

Tu as beaucoup aimé ce livre, tu veux en parler aux auteurs, leur poser des questions.
Écris vite à
Bayard Éditions
Série MARCANTOUR
3/5, rue Bayard
75008 Paris

Tu auras une réponse.

Tu as aimé les aventures de

MarcantouR

Découvre ces quelques pages de

LA RÉVOLTE DES FAUCHEURS

Le chevalier Hugo d'Aubepierre descendit de cheval. Devant lui s'étendait le pays de Rives. Vers 1156, cette partie du nord de l'Auvergne était encore une montagne sauvage, recouverte de forêts et creusée de rivières profondes.
– Viens voir, Ancelin ! dit Hugo.
Ancelin, son écuyer, mit à son tour pied à terre. Hugo lui montra un château dressé sur un rocher à pic.
– C'est sans doute la forteresse de Rives, le but de notre voyage. Enfin ! soupira Ancelin.
– Je ne pense pas, rétorqua Hugo.
Le château du comte de Rives passait pour imprenable. Or le château qu'ils voyaient était accessible de toutes parts. Une vallée s'élargissait

autour de son socle rocheux. On y apercevait de vastes prairies et un étang.
– Allons voir ! décida Hugo.
Ils remontèrent en selle et s'élancèrent au galop vers l'édifice. En s'approchant de la forteresse, ils virent qu'elle avait été détruite par un incendie. De loin, le château paraissait intact. Mais, en réalité, seule la partie construite en pierre restait debout. Les éléments de bois – les poutres, les planchers, le pont-levis et le centre de la toiture – avaient brûlé. Il ne subsistait de tout cela qu'un épais lit de cendres à l'intérieur d'un cercle de murailles noires qui faisait penser à une cheminée.
– Les pierres sont encore tièdes, constata Hugo en tâtant le mur. L'incendie a dû se produire hier ou avant-hier.
– C'est curieux ! On ne voit personne, s'inquiéta Ancelin.
– Ça vaut peut-être mieux, dit Hugo en essuyant ses mains noircies par la suie. En tout cas, ce n'est pas le château de Rives. Il est trop petit.
Leurs chevaux avaient soif. Les deux jeunes gens se dirigèrent vers l'étang. Ils évitèrent une zone marécageuse plantée de joncs, où ils se seraient enlisés, et ils atteignirent un rivage bordé de saules. Les chevaux burent avec avidité. Hugo et Ancelin en firent autant.

On était en juin. Le soleil était chaud. Pourtant Hugo hésitait à se baigner. Le château avait peut-être subi un siège, et les assaillants pouvaient encore rôder dans les environs. Comme Hugo regardait autour de lui, il lui sembla entendre un cri. L'appel provenait de l'étang. Ils s'avancèrent sous les saules.
– Là ! cria Ancelin.
À la limite des joncs, Hugo aperçut une forme qui se débattait dans l'eau. Le cri retentit à nouveau, puis la tête, qui avait surgi un court instant, disparut. Hugo avait reconnu un enfant.
Il arracha ses vêtements. Ne gardant sur lui que ses chausses et son poignard, il sauta dans l'étang. L'eau était peu profonde. La végétation, épaisse et gluante, gênait ses mouvements.
Hugo plongea à l'endroit où il avait vu disparaître l'enfant. Dans l'eau trouble, il ne parvenait pas à distinguer le noyé. Il ne trouvait rien. Il suffoquait. Il allait abandonner lorsqu'il sentit un corps inerte flottant entre deux eaux. Il le saisit et tenta de le ramener à la surface, mais le corps résistait étrangement. Quelque chose le retenait au fond.
Hugo songea aux divinités maléfiques des étangs. Les légendes racontaient qu'elles habitaient les eaux dormantes, se nourrissant des êtres qu'elles noyaient dans leur royaume glauque.

Malgré sa jeunesse, Hugo était un chevalier courageux. Il ne croyait pas aux légendes. Il revint à la surface, respira profondément et plongea de nouveau. En tâtant le corps de l'enfant, il découvrit que sa cheville gauche était retenue par de longues herbes aquatiques appelées « cheveux du diable ». Hugo tira son couteau, trancha les herbes et libéra l'enfant. Puis, nageant de toutes ses forces, il le ramena sur la rive.

Ancelin l'aida à retirer le corps de l'étang. Ils l'étendirent sur le sol. C'était une petite fille d'environ huit ans. Ses cheveux blonds collaient à son visage. Hugo les écarta avec douceur. La fillette ne respirait plus. De ses deux mains, le jeune chevalier pressa le ventre de l'enfant pour expulser l'eau qu'elle avait avalée. Mais, malgré ses efforts, elle restait immobile et glacée. Il la retourna face contre terre, et se mit à appuyer sur son dos pour l'obliger à respirer.

– Reviens ! supplia-t-il.

À cet instant, une femme, qu'ils n'avaient pas vue venir, se précipita vers eux, bousculant Hugo, et serra la fillette dans ses bras.

– Rosine ! sanglota-t-elle. Seigneur ! Elle est morte !

La femme était maigre, habillée de haillons, et semblait épuisée.

– Que s'est-il passé ? cria-t-elle.
– Elle était dans l'étang, expliqua Hugo.
– Je lui avais interdit d'y aller, gémit la mère. Il n'y a plus de poissons depuis longtemps, mais nous avions si faim ! Son petit frère criait. Elle s'est échappée, elle voulait pêcher…
Comme elle disait ces mots, Rosine toussa faiblement.
– Laissez-moi faire ! s'écria Hugo.
Il saisit la fillette à bras-le-corps et la courba en lui pressant le ventre. L'eau s'échappa de sa bouche. La petite se mit à respirer, à tousser et à gémir faiblement. Quelques instants plus tard, elle était blottie dans les bras de la femme, qui pleurait en silence, mais cette fois de bonheur.
Hugo se rhabilla. En le voyant enfiler sa tunique et attacher son épée, la mère s'étonna :
– Vous êtes chevalier ?
Hugo hocha la tête.
– Et moi écuyer, dit Ancelin.
– Nous, nous sommes des Faucheurs, murmura la femme d'une voix craintive.
– Toi, on dirait que tu vas beaucoup mieux, fit remarquer Hugo en caressant les cheveux de Rosine.
– Comment tu t'appelles ? demanda la fillette.
– Hugo.

– Moi, Ancelin.
– J'avais un chien qui s'appelait Ancelin, dit l'enfant. Il était très gentil, ajouta-t-elle vivement en voyant la grimace mécontente de l'écuyer.
– Qu'est-ce qu'il est devenu ?
– Il est mort, répondit Rosine avec tristesse. Mort de faim.
– Tout le monde meurt de faim, par ici, gémit la femme.
Hugo regarda avec pitié l'extrême maigreur de la femme et de l'enfant.
– À propos de faim..., dit-il.
Il se dirigea vers son cheval, ouvrit un sac pendu à la selle et en retira un gros pain, ainsi que la moitié d'un faisan qu'ils avaient abattu deux jours auparavant. Il remit la nourriture à la femme. Les lèvres de celle-ci se mirent à trembler.
– Mon Dieu ! balbutia-t-elle.
Elle lâcha les vivres, saisit les mains de Hugo et les embrassa avec reconnaissance.
– Que Dieu vous bénisse !
Ramassant le pain et le gibier, elle les cacha sous ses haillons. Ensuite, elle jeta autour d'elle un regard méfiant avant de se précipiter vers la forêt. Rosine la suivit. Mais, au bout de dix pas, la fillette se retourna. Elle fit une révérence maladroite et répéta :

– Que Dieu vous bénisse !
Lorsque la mère et l'enfant eurent disparu, Hugo et Ancelin reprirent leur chemin. Ils marchaient, tirant leurs chevaux, l'air pensif.
– Tu as vu le regard de cette pauvre femme lorsqu'elle s'est aperçue que tu étais chevalier ? demanda Ancelin.
Hugo acquiesça :
– On aurait dit qu'elle avait peur.
– Il y avait autre chose, dit Ancelin.
– Oui, de la colère, admit Hugo. Visiblement, on n'aime pas beaucoup les guerriers, dans ce pays.
– Il y a peut-être eu la guerre, suggéra Ancelin. Le château brûlé...
– Il est temps de rejoindre le seigneur de Rives, décida Hugo.
Comme ils entraient dans la forêt, il immobilisa sa monture. Au moment où il allait se mettre en selle, son cheval se cabra avec un hennissement effrayé. Viking, le cheval d'Ancelin, se déroba à son tour.
– Tout doux ! dit Hugo en tendant la main.
Le cheval se débattit en hennissant. Soudain, des hommes surgirent de la forêt. Ils étaient vêtus de haillons et armés de faux.
– Tuez-les ! ordonna l'un des vagabonds avec un sourire cruel.

EXTRAIT

Découvre vite la suite de cette histoire dans

LA RÉVOLTE DES FAUCHEURS

N° 806 de la série

Marcantour

MarcantouR

801. LES DIABLES ROUGES
802. LE FAUCON DE LA MORT
803. LE PRINCE Ā L'ĒTOILE D'OR
804. LES DĒMONS DE LA NUIT
805. LES JUSTICIERS DE L'OMBRE
806. LA RĒVOLTE DES FAUCHEURS
807. LA PRINCESSE CAPTIVE

Impression réalisée sur CAMERON
par BRODARD ET TAUPIN
La Flèche
en janvier 2000

Imprimé en France
Dépôt légal : février 2000
N° d'Éditeur : 5253 – N° d'impression : 1747X